Stackars lilla Å...

PROLOG

15 november 2023

Rummet är som en hytt på nedre däck på en finlandsbåt. Det enda fönstret är inte större än en öppen hand. Förmodligen har det varit någon form av ventilation, men som nu ersatts med glas eller plast. I det lilla fönstret sitter dock en liten vit tygbit med blommor på som antagligen ska föreställa gardin. Tapeterna är rosa med små katter i en mörkare lila ton. En maläten madrass ligger mitt på golvet. I hörnet står en plåthink. Hon kan bara gissa vad hon ska använda den till. Varför är jag här? Hela hennes kropp skakar och hudfärgen är lika blek som ett vitt lakan. Hon kallsvettas och det bildas droppar i ansiktet. Det är kallt och mörkt och nervöst biter hon i underläppen. Ingenting minns hon. En skugga i ögonvrån, sedan blev allt svart. Hon blundar så hårt hon kan och önskar sig bort. Men när ögonen öppnas igen befinner hon sig fortfarande i rummet. Händerna är bundna framför henne. I taket syns en rostig spik. Det är lågt i tak, så hon ställer sig på elementet och stäcker upp armarna, kanske kan hon få av snöret.

Elementet är litet, men verkar sitta hårt fast i väggen. Hon sätter upp sin vänstra fot först, ungefär som på ridlektionerna, när hon ska upp i sadeln. Till slut står hon och balanserar på det lilla elementet, lutar sig mot väggen för att ta stöd. Slänger upp armarna men i stället för att träffa spiken faller hon mot stengolvet. Hon försöker ta sig mot bakhuvudet men det är svårt med armarna bundna. Ett försök att resa sig, men hon vinglar till och faller tillbaka. Hur länge har jag varit här? Mamma letar nog. Lärarna i skolan, kompisarna, alla måste undra var jag är. Tårarna rinner.

Fotsteg hörs. Hon lyssnar men kan inte höra varifrån ljudet kommer. Det verkar vara steg i en trappa av något slag. En nyckel vrids om och handtaget trycks ned. Någon öppnar dörren och ställer in en bricka. Han säger inget. Går ut snabbt och låser igen. Hon vill inte äta. Men hon är hungrig. Lukten av stekt korv fyller det lilla rummet. Hon drar till sig brickan. Korven är flottig och potatisen ligger i en liten pöl av smör. Hon äter med händerna. Trycker i sig maten nästan, utan att känna smaken. Några minuter senare släpar hon sin trötta kropp till den äckliga madrassen. Ögonlocken stängs sakta, och inom några sekunder sover hon djupt.

När hon vaknar är hon dåsig och desorienterad. Hon har ingen aning om tid och rum. Det enda hon vet, är att hon fortfarande befinner sig i det lilla rummet. Nästan genast kommer hon ihåg spiken, och tittar upp mot väggen, den är kvar. I ena hörnet finns ett bylte. När kom det dit? Det måste kommit när hon sov. Blicken fastnar på den ena änden av byltet. En fot. Det är en människa. Hon tar några steg fram för att se bättre. När hon böjer sig fram ser hon vem det är. Herregud, vad gör hon här? Med en hand mot flickans hals försöker hon känna efter pulsen. Skönt, hon lever. Men hon sover. Hennes blick fastnar sedan på dörren. Den står på glänt. Sakta går hon fram och tar försiktigt i handtaget. Dörren är öppen. Blicken fastnar på flickan i hörnet, för att sedan röra sig mot den öppna dörren. Innan hon vet ordet av har hon sprungit uppför trappan och ut på gården. Benen går som symaskinsnålar. En gren går av bakom henne. Hon stannar upp och vänder sig om. Ingen är där så hon fortsätter springa, men med händerna bundna, är det svårt att hålla balansen så hon snubblar på en stubbe. Med all kraft försöker hon att ta sig upp men foten värker.

När hon tittar upp igen står en man böjd över henne. Han står helt stilla och stirrar på henne. Ögonen saknar helt glans och befinner sig i ett annat universum. Trots smärtan i foten kommer hon upp på benen och kastar sig i väg, men vinglar till och faller. Huvudet slår i en spetsig sten. Blodet rinner och efter bara några sekunder är hon borta.

Mannen vrålar rakt ut: »NEEEEJ«.

Han sträcker fram sin högra hand och känner efter hennes puls. Med en uppgiven min och huvudet nedböjt sätter han sig på en stubbe. Sedan plockar han fram något som ser ut som ett rep och surrar det runt hennes hals. Han släpar henne över det delvis snötäckta lingonriset.

Utanför den lilla stugan lastar han därefter upp kroppen på en gammal mjölkkärra. Han bryter av några grenar med granris och täcker över henne. Tar sedan fram en tjock tuschpenna och målar något i hennes ansikte.

På stugans baksida, finns en carport. Där står fyrhjulingen, så han kör fram den, kopplar på mjölkkärran och kör i väg. Han vet ett perfekt ställe där hon kan ligga. Det är bra om hon är skymd, men ändå går att finna. Fem meter från den tänkta platsen lyfter han av henne från mjölkkärran. Det finns en stor tall med fin mossa under. Trädet är högt men efter att ha klättrat några meter drar han i repet för att vinscha upp kroppen. När han precis gjort den sista knuten, går grenen av. Samtidigt som hon dunsar i backen hörs ett kras då hennes nacke går av. Han klättrar ned igen, släpar i väg henne en bit och arrangerar kroppen så det ser ut som att hon kramar någon. En del av kroppen är synlig och en del täcker han över med det granris som finns kvar på kärran.

»När trollmor har lagt sina elva små troll och bundit fast dem i svansen. Då sjunger hon sakta för elva små trollen de vackraste ord hon känner. Ho aj aj aj aj buff. Ho aj, aj, aj, aj buff«.

Visan hans mor sjungit för honom när han var liten spelas upp i hans huvud. Han smeker flickan försiktigt på kinden. Och går sedan sakta tillbaka till fyrhjulingen. Det är inte mer än en minusgrad, men vinden tar i, håret på armarna reser sig och han skakar. Snöflingorna är små och ettriga. När han kommit hem parkerar han utanför huset. Kärrans koppling är rostig, så det är svårt att få bort den. Han tar släggan som ligger på fyrhjulingens pakethållare och slår till. Den lossnar och han rullar bort kärran och ställer den vid sidan av stugan. Han går sedan uppför trappan. Innan han trycker ned dörrhandtaget, stannar han kvar på verandan och lyssnar på skogsduvan, med sitt karakteristiska dova läte. Han härmar den och ler lite.

Stugan som ligger i lite avsides, ligger omgiven av granar och tallar. En liten stig leder fram till havet och den egna bryggan. Förutom hans stuga finns två stugor till men det är några kilometer bort.

När han växte upp bodde han en bit därifrån med sin mor. Hon lärde honom det mesta om skogen, djuren och allt som hör naturen till. Skogen är hans andra hem. Här kan han finna lugnet. När han kommer in i stugan hänger han som vanligt sin jacka på kroken till vänster och lägger mössan på den lilla pallen intill. Stövlarna ställer han prydligt på hallmattan innanför dörren. Som alltid när han kommer hem går han in till Amalias rum. Låter handen smeka över skrivbordet, dockskåpet och den lilla björnen som ligger på sängen.

Därefter går han in i köket och tar försiktigt ned förklädet som hänger på den stora träkroken. I en av kökslådorna förvarar han knivar. Han tar fram en av de mindre och lägger den på skärbrädan på diskbänken. En stor kastrull fylls med ris. Sedan tar han fram den bit falukorv som är kvar sedan tidigare, och skär upp den i tunna strimlor. I med en skvätt grädde och lite lök. Han lagar några extra portioner, ler och visan spelas upp på nytt.

»Ho aj aj aj aj buff«

Han snurrar ett varv med kniven i handen och steppar lätt på tå. Det ser ut som om han svävar. När maten är klar tittar han på väggklockan. Den är två minuter i sju. Två minuter kvar innan han kan förbereda sina smörgåsar till kvällens fika. Varje kväll är det smörgås och varm choklad. Som det alltid har varit. När han ätit upp sina smörgåsar, tänker han igenom nästa dag. Gör man det, då vet man precis hur den kommer att bli. Rösterna han har i sitt huvud tar ton »*Bara hjälpa, förstår du, bara ta hand om, förstår du, lilla flicka, förstår du. Förstår du, förstår du?*«.

1.

Valeria sitter på en pall i garaget. Doften av olja och bensin sprider sig över hela utrymmet. Hon tar ett djupt andetag och axlarna sjunker ned några centimeter. Det är fortfarande snö och is ute så någon motorcykeltur blir det inte. Hon öppnar tuben med Autosol, tar fram en microfiberduk och putsar kromdetaljerna på motorcykeln. Efter olyckan för tre år sedan som tog hennes bror, har hon äntligen börjat komma tillbaka. Tjänsten på grova brott är något helt annat än jobbet som trafikpolis. Även om det är i samma hus är det ett miljöombyte på något sätt.

När hon är nöjd med hur kromen glänser reser hon sig upp och torkar av sig överblivet Autosol på sina snickarbyxor. I det lilla garaget, som endast består av motorcykeln, en pall, ett litet bord med några verktyg, hänger också två posters på den smala väggen invid fönstret. En föreställer Elvis Presley. En av de bästa enligt henne. Den andra en bild på en polismotorcykel. En BMW R 67 som 1954 blev den första BMW modellen i polistjänst. Hennes far Kenneth, brukade berätta om när hennes farfar som jobbade som polis i Malmö vid den tiden, åkte på en sådan. Hon blir stående ett tag och får något drömskt i blicken. En tår rinner sedan sakta nedför hennes kind när tankarna på fadern som gick bort i cancer gör sig påmind. Hon ger sin motorcykel en sista koll. Släcker, låser och går mot sin lägenhet några hundra meter bort. Hon gäspar stort och längtar efter sängen.

Inne i lägenheten öppnar hon alla fönster. Hon kollar komihåglappen på kylskåpet. Inget glömt? På almanackan bredvid står det Lucas trettioåtta den 16 november. Hon måste komma ihåg att tända ljus vid graven. Snickarbyxorna byter hon ut mot mysbyxor och en urtvättad t shirt. Innan hon borstar tänderna och lägger sig i sängen går hon en vända till i den lilla tvårummaren. På diskbänken står några muggar och tallrikar som sett sina bästa dagar. I hörnet vid kylskåpet ligger två pizzakartonger. Hon ger ifrån sig en djup suck. Släcker sedan och går in till badrummet. Efter badrumsbestyren är det äntligen dags för sängen. Hon hinner inte mer än att släcka sänglampan innan hon sover som ett litet barn.

Mobiltelefonen spelar med stegrande volym. Hon sträcker ut handen för att stänga av den, men den ligger inte där. Nej, det är inte sant. Den ligger på köksbordet. Till slut tystnar den, för att någon sekund senare starta igen. Boken på nattygsbordet kastas in i väggen, hon reser sig upp och rusar in till köket. Stänger av alarmet och sjunker ned på en köksstol. Köksklockan visar tjugo i sju. Hon tittar på mobilen och säger till den som att den lyssnar »Jag har för faan nyss somnat«. Täcket hon har omkring sig faller till golvet, och hon går in i badrummet. Det tar några sekunder för vattnet i duschen att bli varmt. Hon huttrar till och svär, ställer sig sedan under vattenstrålarna och efter en stund slappnar hon av.

Morgonrocken hänger som tur är på handduksvärmaren. Hon tar på sig den och virar in håret i en handduk. En skjorta och ett par jeans ligger prydligt framme på vardagsrumssoffan så hon tar på sig kläderna och går och sätter på kaffebryggaren. Efter en kopp kaffe och en tallrik fil, stänger hon fönstren i lägenheten. Tar på sig skinnjackan och kängorna och går ut och låser efter sig. Hon förbannar sig för att inte ha tagit en mössa. Det är flera minusgrader, och det blöta håret förvandlas till istappar.

Väl framme vid polisstationen tar hon fram sitt passerkort och blippar. Hon småspringer förbi receptionen, höjer handen mot Lizette, och tar trapporna upp till grova brott. Ingen av kollegorna verkar vara på plats ännu så hon går in till konferensrummet där kaffeautomaten står och trycker på »stor kopp svart«. Den brummar och för lite oväsen men några minuter senare är koppen fylld.

»Här står du i din ensamhet och drömmer dig bort?«

Hon höjer blicken och möts av Gunillas pigga blå ögon.

»Nja, drömmer och drömmer vet jag inte«, säger hon och drar lite på munnen. Valeria är inte mycket för småprat, men säger ändå: »Det blev en sen kväll i garaget, så jag är fortfarande lite trött. Men kaffet borde kunna pigga upp mig«.

»Ja kaffe piggar alltid upp. Själv har jag sovit dåligt i natt. Du förstår Gösta, han snarkar som en elefant«, säger hon och skrattar högt. Hon går sedan in på sitt kontor och stänger dörren om sig. Kvar står Valeria med sin kopp. Innan hon hinner ta ytterligare en klunk ser hon Gunilla gå ut från sitt kontor. Längst bort vid kopiatorn stannar hon och pratar med en av de kvinnliga aspiranterna. Hon fjäskar och smajlar. Man kan tro att hon flirtar. Gör hon det?

Valeria går in till sig. Slår på datorn som efter någon minut hoppar i gång. Hon dricker upp kaffet och blir sittande utan att göra någonting ett tag. Det är rörigt på skrivbordet. Pappershögarna växer för varje dag och hon vet inte riktigt vart hon ska börja. Datorns klocka visar redan tio i nio. Det är mycket att ta tag i eftersom de ligger efter. På senaste tiden har de varit behjälpliga mot andra polisdistrikt, med registersök och sådant man kan utreda på distans. Polisväsendet har personalbrist, och alla tvingas hjälpa varandra över gränserna. Det är bara att gilla läget. Allt är bättre än att vara ute efter vägarna som trafikpolis.

Hennes kontorsdörr står halvöppen. Tre snabba knackningar hörs, och sedan rycks dörren upp. Morgan kommer in i rummet. Skjortan är halvt om halvt nedstoppad i byxorna, precis som att han haft bråttom från toaletten. Med en bedrövad blick tittar han på henne och säger:

»Det har kommit in ett larm, om en död person i skogen utanför Jättendal vi måste sticka på direkten«.

»Vadå, är han mördad?«, säger Valeria.

»Hon. Det är en flicka. Nej, det vet man så klart inte ännu. Men Anders tog emot samtalet från Regionledningscentralen. De sa att det kan vara bra ändå om vi åker dit och tar en titt. Kommer du?«

Valeria säger efter en stunds tystnad: »Du kanske ska vänta på svar innan du rycker upp dörren?«

»Vad? Vad pratar du om?«

»Äsch strunt i det. Måste prata med Anders och Leo först. Vi åker sedan«.

»Okej, okej. Gör det så kvitterar jag ut ett par bilnycklar. Väntar på dig vid hissarna«.

»Gör inte det. Jag tar trapporna«. Den dagen när hon var fem år och var med om att bli instängd i en hiss. Den gör att tanken på hiss eller något annat litet utrymme får henne att rysa. Armen åker omedvetet upp och hon masserar nacken. Andningen blir kort och hon känner sig yr. Det blev inte direkt bättre av olyckan. Anders och Leo har sina arbetsplatser i det lite större kontorsutrymmet så hon går in till dem. Leo har som vanligt hörlurarna på sig, och är i sin egen lilla värld.

»Hallå«. Inget svar. Hon går fram till honom och viftar med händerna. Han tittar på henne och ser förvånad ut. Till slut tar han av sig hörlurarna.

»Förlåt. Jag hörde dig inte«.

»Vet du var Anders är? Eller vet du mer om kroppen som hittats i Mellanfjärden?«

»Vad? Eh, näe. Jag har hörlurar på mig. Vadå? Har det hänt något«.

Hon öppnar munnen men ångrar sig. Leo är bra på det han gör, så han kommer såklart undan med det mesta. Längst ned i korridoren står Anders lutad mot sin krycka och pratar med några kollegor från ordningen. Han ser trött och sliten ut. Som att han inte sovit på en vecka. Mörka ringar har börjat framträda under armhålorna. Kryckan ser nästan ut som att den hängt med från andra världskriget. Anders också för den delen. Sommaren 1990 när han jobbade i yttre tjänst och var med på en utryckning vid ett stort inbrott. Han blev knuffad utför en lastbrygga av en missbrukare, som precis hade kommit ut från ett behandlingshem och tagit tjack igen. Knät blev förstört. Ibland undrar man vad behandlingshemmen är till för? Egentligen borde han väl varit smart och sett sig om efter något annat. Men det är klart, svårt i hans ålder.

»Vad händer?«, säger hon till Anders. »Morgan kommer in till mig och säger att du tagit emot ett samtal. Om en död person?«

»Stämmer«. Han suckade och fortsatte: »En tjänsteman från Kronofogden har hittat en död flicka i Jättendal. Närmare bestämt Mellanfjärden. Det är svårt att säga om det rör sig om mord eller naturlig död. Det kanske är bra om vi tar en titt. Ossian Petersson är kontaktad och han och en kollega från tekniska är också på väg dit«.

»Förstår. Men då åker vi dit och gör en bedömning av läget också. Kanske finns fler vittnen? Sätt Leo på att kolla upp försvunna flickor i närområdet«.

»Japp, ska prata med honom. Hör av er om ni kan identifiera henne«.

Valeria går i väg i korridoren, vänder sig sedan om och ropar: »Meddelar du Gunilla?«

»Hon sitter i möte, men pratar med henne när mötet är slut«, ropar Anders tillbaka.

Hon drar en hand genom det mörka tjocka håret. I skinnjackans innerficka hittar hon en hårklämma, som hon sätter upp det med. Alvedon brustabletten finns också i fickan. Snabba steg mot toaletten där hon rycker ned en plastmugg och fyller med vatten. När tabletten brusat klart dricker hon upp det i ett svep. Morgan sitter redan i bilen när hon kommer ned till garaget. Han startar bilen och innan hon ens har stängt dörren kör han i väg.

»Ringer du kvinnan som hittade kroppen? Vi slösar ingen tid«, säger han.

»Vi ringer henne när vi närmar oss«, säger Valeria.

»Vafan, det är säkert en våldtäkt som gått fel. Vi måste ta fast den jäveln«.

De kör ut ur garaget och Valeria ställer in gps:en. De vet endast att de ska till Mellanfjärden så hon knappar in det för att se ungefär hur lång tid det tar.

En bit innan de är framme i Mellanfjärden stannar dem. Ungefär i höjd med turistdestinationen Trolska skogen ringer de upp kvinnan som hittat kroppen.

»Det är Anna«.

»Hej Anna. Det är Valeria Ek från Hudiksvallspolisen. Vi står vid Trolska skogen nu. Vart ska vi?«

»Fortsätt cirka en halv kilometer till. Min bil, en blå passat, står vid sidan av vägen. Ni kan inte missa den.«

»Tack, vi ses«.

Morgan har nog aldrig startat en bil så snabbt och trampat så hårt på gasen tidigare. Nog har han mestadels bråttom, men det här tar priset. Valeria trycks bakåt i bilstolen och blundar. Han kommer på sig direkt och lättar på gasen. Längre fram står en passat, och kvinnan, som måste vara Anna. De parkerar sin bil intill, och kliver ur. I alla fall Valeria. Morgan hoppar ut, och småspringer mot kvinnan.

»Det är jag som är Anna. Jag skulle bara kissa, och då såg jag henne. Hon ligger bakom den stora tallen«.

»Vi går och ser efter. Du kan stanna här så kommer vi snart tillbaka«, säger han.

Några meter in i skogen, framme vid en stor tall ligger mycket riktigt en kropp. Det har snöat, men syns ändå tydligt att det är en ung kvinna. Svårt att säga någon ålder. Men i övre tonåren. Max tjugo. Nacken ser ut att vara bruten. Blod har runnit och sedan frusit fast vid vänster tinning. Kläderna ser hela ut, men hon saknar skor. Något är lindat runt halsen. Ett tunt nylon rep. En gren i den stora tallen har gått av. Hon har hängt i den, men grenen höll inte. Längre fram finns hjulspår. De verkar leda mot havet. Valeria ser sig om. Någon har gått där också. Fotspåren verkar komma från hjulspåren som slutar en bit från fyndplatsen. Säkerligen har det varit svårt att köra ända fram på grund av stubbar och stenar. Det går, eftersom det snöat, även se släpspår i marken. Kroppen har förmodligen släpats dit den ligger nu. Precis nedanför kroppen, mitt i ett av fotspåren, ligger en cigarettfimp. Valeria tar upp en plasthandske ur fickan och trär på sig. Hon plockar försiktigt upp fimpen. Vrider och vänder på den och tar sedan fram en plastpåse och lägger ned fimpen i den. Den som har gjort detta, röker. Blicken fastnar sedan på kroppen igen. Den är arrangerad. Såsom hon ligger, är overkligt. Hon håller armarna precis som att hon kramar någon. Inga hus eller stugor är synliga i närheten. Väldiga granar runt om som knappt släpper igenom något ljus. Sannolikheten att någon skulle ha sett gärningspersonen transportera dit flickan är inte jättestor. Valeria lyfter blicken och precis så långt bort man kan se, finns två husvagnar. Kanske borde de ta sig en promenad dit för att kolla läget. Lukten av diesel sprider sig i Valerias näsborrar.

Morgan biter sig i underläppen och ser ut att fundera på något. Han tittar på flickan och är på väg att gå fram och vända på henne eftersom hon ligger med halva ansiktet nedåt.

»Vänta…vi låter Ossian och hans kollegor göra det«. Morgan stannar upp. Sätter sig långsamt på huk och ser samtidigt att teknikerna rullar in till platsen.

När de kommer fram sätter de upp ett tält runt platsen. De går sedan fram till kroppen och vänder henne. Valeria och Morgan går tillbaka till bilen. De plockar fram avspärrningsband som de spänner upp mellan träden.

Valeria går sedan fram till Anna. »Vill du att vi ringer någon?«

Anna skakar på huvudet. »Jag ska bege mig hemåt«.

»Säkert?«

Anna nickar och menar att det inte är någon fara.

»Hör av dig om du kommer på något. Det finns ingen annan i nuläget, som sett något«.

Anna nickar igen och går bort mot bilen.

Hon tycker att Anna ser bekant ut. Men hon kan inte komma på vart hon sett henne tidigare. Men blicken hon ger Valeria när de kliver ur bilen är precis som att, jaha, är det du? Valeria och Morgan går bort mot tältet som teknikerna satt upp.

»Har ni hittat något?«, säger Morgan.

»Nja, när vi vände på henne såg vi att hon hade ett konstigt märke i ansiktet. Jag känner inte igen det. Ett rakt streck i pannan och en bågformad linje på kinden, med en pil längst ner vid hakan«, säger Ossian.

Valeria tar ett steg fram, sätter sig på huk vid kroppen, men rör den inte.

»Märkligt. Det ser ut att vara ritat med en tuschpenna«, säger hon.

Om mördaren ville bli av med kroppen, skulle han för det första inte ha lagt henne på en plats som den här. Förhållandevis väl synlig. Inte så mycket övertäckt, mer än den snö som kommit. Och märket i ansiktet. Kroppen är även arrangerad. Han vill berätta något för oss. Men vad? Hon tar fram sin mobil och knäpper ett kort.

»Vi kan göra en bildsökning med google när vi kommer tillbaka. Hör av dig om ni hittar något mer«.

»Vi tar med oss kroppen för att kontrollera exakt vilka skador hon har, och vad som orsakat dödsfallet. Hon har fått ett slag mot tinningen och jag är nästan säker på att det var det hon dog av. Repet och kläderna kommer att skickas på analys«, säger Ossian.

»Han säger du. Varför tror du att det är en han?«, säger Valeria.

»Vi uppskattar att skorna är storlek fyrtiofyra. Inte jättemånga kvinnor har den storleken. Men det är klart, säker kan man inte vara«.

»Okej, ring om ni kommer på något mera«, säger Morgan. »Inte varje dag man hittar en kropp här i skogarna«.

De går mot bilen. Morgans blick blir kall och ögonen smala.

»Vem kan ha gjort något sådant här i lilla Jättendal?«, säger han och fortsätter: »Ibland undrar man, men ondskan finns allt som oftast mitt ibland oss. Oavsett vart man bor. Jag vill så gärna få fatt i den som gjort detta«.

»Det vill vi alla. Vi åker tillbaka till stationen« säger Valeria.

2.

Mikaela och hennes väninna kliver av tåget på Hudiksvalls station. Luften som slår emot henne är frisk. Sakta faller stora snöflingor. Hon drar åt halsduken och knäpper kappan. Julia har inte svarat i mobilen trots flera försök under resan hem. Telefonsvararen slår på hela tiden. Tankarna snurrar och ångesten kommer över henne.

»Det är så konstigt. Nu har jag ringt Julia flera gånger sedan i går kväll. Mobilsvar slår på hela tiden. Tänk om något hänt?

»Hon kanske rätt och slätt är hos några vänner. Eller en pojkvän?«, säger väninnan.

Pekfingret åker in i munnen och Mikaela biter på nageln. »Mmm. Jag får skynda mig hem. Telefonen kanske har laddat ur. Men du, jättetrevligt i helgen. Det får vi göra om. Ha det bra så länge«.

»Jag ringer!«

De vinkar hej då och Mikaela går hemåt de cirka två kilometer det är till Djupegatan. Hon har skuldkänslor för att hon inte åkte hem tidigare, när Julia inte svarade. Samtidigt målar hon upp det värsta scenariot om vad som hänt.

När hon till slut närmar sig lägenheten är den helt svart och stum. Man kan när man tittar upp mot köksfönstret se att ingen levande varelse är därinne. Inga lampor lyser. Hon tar hissen upp till fjärde våningen och låser upp dörren.

»Hallå!« Inget svar. Märkligt. Var kan hon vara någonstans?

Lägenheten är tyst och väggarna är kraftfulla precis som att de hotfullt kommer emot henne. Hon försöker ta några djupa andetag, men lungorna sviker henne och andningen blir kort. Mikaela sätter sig på pallen precis innanför ytterdörren. Hon tar fram sin telefon och trycker in numret till Julias närmaste vän. Men hon har inte pratat med Julia på flera dagar. Inte sett någon uppdatering på snapchat, tiktok, eller insta heller. Hon lovar höra av sig om hon hör något. Mikaela avslutar samtalet och trycker in 112 på sin telefon.

»SOS alarm. Vad har hänt?«

»Polisen, min dotter är försvunnen«.

»Hur gammal är din dotter? Hur länge har hon varit borta?«

»Sexton. Jag har varit borta med en väninna i helgen. Pratade senast med henne i går morse. Sedan har hon inte svarat i telefonen. Endast mobilsvar. När jag kom hem till lägenheten nu är hon inte här«.

Mikaela gråter, skakar och hyperventilerar. Hon får inte fram ett ord till.

»Är du kvar?«, säger kvinnan i telefonen. »Vi skickar en polispatrull hem till dig. Vart bor du? Enligt min positionering på telefonnumret du ringer ifrån, befinner du dig nu på Djupegatan 34 c i Hudiksvall. Stämmer det?«

Snyftningar hörs i luren. Ett tyst »Ja« hörs.

»Då är de snart hos dig. Försök ha din telefon på och i närheten, ifall de skulle ringa«.

Mikaela loggar in på Facebook. Först fastnar hon i nyhetsflödet. Mycket har hänt sedan hon sist kollade. Hon går in på sin egen sida och gör en efterlysning. Längst ned skriver hon att man gärna får dela inlägget. Plötsligt knackar det på dörren. Hon rycker till och reser sig upp och öppnar den.

Två personer, en man och en kvinna står utanför dörren. De är klädda i poliskläder. Håller upp sina polisbrickor och presenterar sig.

»Vad har hänt?«, säger kvinnan.

»Min dotter är borta. Hon har inte svarat i telefonen på över ett dygn. Mobilsvar slår på direkt. Jag har varit borta i helgen. Vi pratade i går morse, sen har jag inte fått tag på henne«.

Poliskvinnan tog till orda: »Bor du och din dotter själva här?«

»Ja«.

»Hennes pappa. Var är han?«

»Vi har ingen kontakt«.

»Har du pratat med hennes vänner? Har hon någon pojkvän?«

»Inte vad jag vet. Hennes vänner som jag kan komma på har jag pratat med. Ingen vet var hon är«.

»Vi gör så här«, säger poliskvinnan. »Vi skriver en anmälan och kontaktar våra kollegor som jobbar med sådant här. De kommer sedan att kontakta dig. De har redan blivit meddelade om vad som hänt och är på väg hit om ett tag. Förmodligen kommer de att vilja titta i din dotters rum också, så får vi se hur de går vidare. Okej?«
»Okej«.
»Då gör vi så. Vill du att vi ska ringa någon. Du ska inte behöva vara ensam«.
»Min väninna kommer hit. Så det behövs inte.«

3.

Valerias telefon ringer. Hon försöker sakta lirka upp den ur fickan, men tappar den precis när hon ska svara. Skit också. Till slut får hon tag på den. Då har det så klart slutat ringa. Hon ser att det var Anders som ringde, så hon ringer upp.

»Valeria, vad bra«, säger han.»Hur går det?«

»Vad ska man säga? Kroppen är en ung flicka, max tjugo år. Förmodligen dödad någon annanstans och sedan hängd här på plats. Hon hängde inte när vi kom fram, men det syntes att hon hade varit upphängd. Repet satt kvar runt hennes hals.«

»Vet ni vem hon är?«

»Hon hade inga identitetshandlingar på sig. Vet du om Leo fått något napp på försvunna tjejer i närområdet?«

»Tyvärr. Ingen anmäld. Tills nu. Därför jag ringer. En mamma har ringt och anmält sin sextonåriga dotter försvunnen. Hon pratade med henne senast i går morse. Morgan och du kan väl åka hem till henne?«

»Skicka adressen. Vi åker på en gång«.

Hon klickar bort samtalet och efter någon sekund får hon ett sms med kontaktuppgifterna till mamman.

»Anders ringde. En mamma som ringt och anmält sin sextonåriga åriga dotter försvunnen. Vi ska åka dit nu«.

Morgan ökade på stegen till bilen. De är något på spåren nu. Om de får reda på mer om flickan, är det lättare att hitta idioten som gjort det. Han gillar rättvisa. En av anledningarna till att han är polis.

»Vänta, jag måste kissa innan vi åker«, säger Valeria.

»Kissa? Nu? Sätt dig i bilen, vi sticker direkt«.

»Inget händer om vi kommer två minuter senare. Vi hittar inte gärningspersonen snabbare för det. Om du ska köra, försök då att hålla dig inom hastighetsbegränsningarna. Ingen tackar oss om vi krockar. Väglaget är ganska knepigt«.

Valeria sätter sig till slut i passagerarsätet. Hennes mobil piper igen. »Meddelande från Krafft«. Hon öppnar meddelandet. »Kram, hoppas din dag blir bra«. Hon ler lite för sig själv. Men skickar inget svar.

»Det var sjutton vad du är eftertraktad, vem är det som messar hela tiden?«

»Nyfiken? Koncentrera dig på körningen så kanske vi kommer fram någon gång. Levande«.

Hon kan inte släppa tanken på märket i flickans ansikte. Hon googlar lite, men hittar inget liknande. Framme på Djupegatan finns naturligtvis inga parkeringsplatser. Morgan kör in på gården. En plats ledig, men den är till för hemtjänsten.

Morgan öppnar till slut munnen och säger: »De är unga och friska. De kan gå en bit«.

Valeria håller med. Det dör de inte av. Deras besök är viktigare. Självklart portkod. Som tur är har de en portkodslista i bilen.

»1567«, ropar Valeria.

Morgan knappar in koden och de går in. Mikaela och Julia bor på fjärde våningen. De tar trapporna vartannat steg. När de kommit upp till rätt våning ser de en skylt M & J Arvehag. Valeria går fram till dörren och ska precis knacka på, när den öppnas.

»Jag såg er genom köksfönstret«.

»Okej«.

De håller upp sina polisbrickor och presenterar sig.

»Du har anmält din dotter försvunnen. När hade ni kontakt senast?«, säger Morgan.

»Det var i går morse. Hon sa att hon skulle vara hemma och ta det lugnt. Vid niotiden på kvällen ringde jag igen, men då svarade hon inte«.

Hon gråter och har väldigt svårt att prata, men säger när hon återfått andningen, att hon har skuldkänslor för att hon inte åkte hem redan då när hon inte fick tag på henne. Hon har svårt att sitta stilla i soffan, och reser sig upp. Hon vinglar till och faller tillbaka.

»Hur är det egentligen?«, säger Valeria. »Försök att ta långa djupa andetag, så hämtar jag ett glas vatten«.

Valeria sätter sig ned i soffan bredvid henne. Hon ger henne vattenglaset och när hon druckit upp säger hon: »Berätta lite om Julia. Vad har hon för intressen?«

»Hon, målar«.

»Vad kul. Vad målar hon? Vill du visa oss något av hennes konstverk?«

De reser sig upp och går i väg till Julias rum. Morgan går en bit bakom.

»De är mest landskap«. Hon målar mest i akvarell. Först målade hon djur. Men när hon tyckte att hon målat alla djur, blev det landskap«.

Den förut så grumliga blicken blir klar. Hon går fram till ett foto som står på skrivbordet.

»Här är hon«.

»Är det Julia?«, säger Morgan. »Är det okej att vi tar med oss bilden?«

Hon säger inget. Tårarna rinner nedför hennes kinder. Kroppen skakar.

»Ja om jag får tillbaka den. Och får tillbaka Julia«.

Det knackar på dörren. Valeria öppnar och en kvinna som ser ut att vara i hennes egen ålder står utanför.

»Amanda, heter jag. Mikaelas väninna«.

»Bra kom in«.

»Mikaela behöver någon hos sig nu. Jättebra att du kom«.

Amanda och Mikaela går och sätter sig i vardagsrummet, medan Valeria och Morgan tar en titt i Julias rum. De hittar inget konstigt, men plockar med sig hennes laptop, en del målningar, samt några vykort. Någon mobiltelefon hittar de inte. Plötsligt ringer Valerias telefon. Anders igen. Hon klickar på gröna knappen för att svara, men hinner inte säga något.

»En till flicka har anmälts försvunnen«.

Hon tar ett djupt andetag och säger: »Vad? En till? Vad är det som händer? Vad är det för tjej?«

»Ava Nilsson, sjutton år. Bor i Jättendal med sin mamma. Hon kom inte hem i går kväll efter sin löprunda«.

»Jättendal? Okej, men vi är klara här. Vi har plockat med oss

Julias dator, och några andra saker. Ska meddela mamman att vi åker. Skicka adressen så åker vi dit«.

»Vadå? Har de hittat en till?«, säger Morgan.

»En till tjej i ungefär samma ålder som Julia har anmälts försvunnen. Vi måste åka tillbaka till Jättendal«.

Han pratar fort och går med raska steg mot vardagsrummet.

»Vi tar med oss Julias dator så att teknikerna kan undersöka den. Det är några fler saker också, men du kommer att få tillbaka allt. Vi hör av oss, så det är bra om du håller dig hemma med påslagen telefon. Förresten, vilken skola går Julia på?«.

»Bromangymnasiet«.

Mikaela gråter hejdlöst. Hon tittar på sin vän, men får inte fram några ord.

»Jag stannar här med henne och ser till så att telefonen är på«, säger Amanda.

4.

När de rullar ut från Djupegatan känner de något konstigt i bilen. Den är ojämn och vinglar. Valeria kliver ur och går runt bilen.

»Skit också. Punktering på höger bakdäck«.

»Lägg av«, säger Morgan.

»Vi har inget reservdäck i bilen. Ring Anders, så får de komma hit med en annan bil«.

Under tiden ser hon över däcket. Hon sätter sig på huk och lyser med sin telefon. Är det inte en skruv som sitter där? Försiktigt tar hon med pekfinger och tumnagel och lirkar ut den. Ingen vanlig skruv. En sådan man skruvar i trä med. Det ser mer ut att vara en skruv som håller fast något i metall. En bult av något slag. Lite trubbigare, men som ändå lätt kan punktera ett däck. Hon håller upp skruven framför sig och vrider lite på den. Sedan stoppar hon ned den i jackfickan. Morgan ringer Anders, men inget svar. Han provar att ringa Leo i stället. Efter fyra signaler svarar han.

»Polisen Hudiksvall, Leo Edvardsson«.

»Vi är på väg till Jättendal men vi har fått punktering. Kan du fixa en ny bil till oss?«

»Ja, det borde väl gå att ordna. Jag hör med Gunilla om någon är ledig. Återkommer«.

»ÅTERKOMMER? Här ska inte återkommas NÅGONTING. Vi måste ha en bil nu. En till flicka är för faan försvunnen«.

»Okej okej. Lugn. Allt går att lösa«.

Efter ungefär femton minuter, rullar Leo in på Djupegatan. Han kliver ur bilen och Morgan kastar sig i.

»Hoppa in Valeria, vi måste sticka«.

»Men, ni måste skjutsa tillbaka mig också«, säger Leo och slår ut med händerna i en besviken gest.

»I helvete heller. Stanna kvar här, gå hem, följ med oss, gör vad fan du vill. Men vi skjutsar INTE hem dig«.

Leo hoppar in i bilen och han hinner knappt stänga dörren förrän de rullar. Vem tror han att han är, Gunvald Larsson eller?

Valeria ställer in gps:en på den adress Anders skickat till henne. Det tar enligt den cirka arton minuter. Hon lutar sig tillbaka, sätter in hörlurarna i öronen och blundar. Idag är en jobbig dag, även om det gått tre år. Hon hade precis gått klart motorcykelutbildningen. Hennes bror som också jobbade som motorcykelpolis hade fått ett larm om en trafikolycka. Den enda lediga polisen förutom honom i tjänst just den dagen var Valeria. Hon och hennes bror åkte dit. Av någon anledning körde han på en oljefläck precis innan de var framme. Han voltade med motorcykeln, fastnade under ett träd, och dog på direkten. En bil kom körande bakifrån och såg dem inte. Den körde rakt in i henne. Hon fastnade mellan bilen och trädet, men klarade sig konstigt nog oskadd. Men sorgen efter brodern och skräcken av att sitta fast, och vara instängd kommer hon alltid att bära med sig.

Morgan bromsar in och parkerar. De kliver ur bilen och tittar sig omkring.

»Det ser lite tomt ut här«, säger Leo.

»Onekligen«, säger Valeria. »Men det är den här adressen«.

De går fram mot huset som blivit grånat av väder och vind. Trappsteget längst ned är helt murket. Taket saknar takplattor på flera ställen. Det kan omöjligt bo någon här. Spår finns i snön som leder till baksidan. Där finns ett till hus. Ett mindre. En liten svag lampa lyser i fönstret och en skugga syns i vad som troligtvis är köket. När de närmar sig öppnas ytterdörren.

»Polisen?«, säger en kvinna.

»Ja, var det du som ringde? Om en försvunnen flicka?«, säger Valeria.

»Min dotter är borta. Hon skulle ut på en löprunda igår. Men kom inte hem. Hon är bara sjutton år, vad kan ha hänt?«

»Är det okej om vi går in och sätter oss?«

»Det är klart«, säger kvinnan och visar dem in i huset.

Huset är litet och välskött. Kvinnan går in i köket och sätter sig på en stol. Hon nickar åt dem att sätta sig och lägger sitt huvud i händerna. Hon säger inget.

Valeria sätter sig bredvid. Lägger en arm om henne och säger: »Berätta om din dotter. Vem är hon?«

Kvinnan tittar upp. »Ava, min lilla flicka«. Hon har svårt att prata och lägger huvudet i händerna igen.

Leo som står som slickad mot den ena väggen lite i bakgrunden av de andra tar ett steg fram. »Ta det i din egen takt«.

Sedan blir han tyst och tar ett steg tillbaka igen. Tänker efter att det är bäst att en av dem sköter snacket nu och försöker hålla kvinnan lugn.

Morgan öppnar munnen. »Ava, heter hon så? Hur gammal är hon och när märkte du att hon var borta?«

»Hon är sjutton och tränar löpning. I går kväll skulle hon ut på en runda. Jag tänkte inte så mycket mer på det eftersom hon alltid kommer hem. Men klockan var väl runt nio. Jag skulle upp tidigt och åka till jobbet så jag gick och lade mig. I morse när jag dukat fram frukost och skulle gå och väcka henne, var hon inte där. Då förstod jag att något hänt. Jag har ringt hennes närmaste vänner, men ingen har sett henne«.

»Hur mycket var klockan då?«

»Jag börjar halv sju och måste åka klockan sex för att komma i tid. Så den var strax före sex. När jag kom till jobbet ringde jag hennes vänner, de jag hade numret till. Men ingen visste någonting«.

Kvinnan reser sig upp. Hon går mot toaletten. Efter ett tag kommer hon ut med en mobiltelefon i handen.

»Här, det är Avas. Hon måste ha glömt den innan hon gick ut. Det är inget ljud på. Därför hörde jag den inte när jag ringde«.

»Är det okej att vi tar den med? Har hon någon dator eller surfplatta också?«

»Hon har en iPad. Den ligger i hennes rum på övervåningen, på hennes skrivbord«.

Valeria och Morgan går upp till Avas rum. Leo stannar kvar med mamman. Rummet ser ut som de flesta rum gör där det bor tonårstjejer. En säng, sminkbord med massor av smink, ett skrivbord. Kläder ligger kastade lite överallt på golvet. Några teckningar ligger på skrivbordet. Längst ned på den ena teckningen finns en signatur, g v med små bokstäver. Ovanför g:et finns ett litet tecken som påminner om tecknet i Julias ansikte. Konstigt. Den får följa med till stationen för att se efter om det är samma märke. På skrivbordet ligger mycket riktigt en iPad. Morgan försöker starta den, men den verkar vara urladdad. De får ladda den när de är tillbaka i polishuset.

Valeria fastnar vid en tavla. Det är en flicka i fem-sex års ålder som håller en vuxen man i handen. De tittar på varandra så där som bara far och dotter gör. Hon känner att hennes ögon blir fuktiga och hon lägger ifrån sig tavlan. Det börjar ringa i hennes ficka. När hon tar fram telefonen inser hon att hon glömt ringa sin mamma.

»Hej mamma«, säger hon när hon klickat fram samtalet.

»Hej cariño. Vad gör du? Jag har tråkigt«, säger hon.

»Eh, jag jobbar. Är just nu hemma hos en kvinna på ett förhör. Är det okej att jag återkommer lite senare?«, säger Valeria.

»Ja du kan väl ringa sedan. Vet inte vad jag ska göra. Har så långsamt«.

»Vi säger så mamma. Vi hörs«, säger hon och klickar bort samtalet.

»Din mamma nu igen?«, säger Morgan. »Vet hon inte att du jobbar?«.

»Hmm, hon glömmer det ibland«, säger Valeria och börjar gå mot trapporna.

När de kommer ner till Avas mamma säger hon: »Vi tar med oss iPaden och mobiltelefonen och söker igenom dem om vi hittar något. Det finns även några teckningar som vi tar med oss. Ledtrådar kan finnas även på dem. En fråga om Avas pappa. Var finns han?«

»Han blev sjuk när Ava var, jag tror hon var fem. Han gick bort året efter. Avas band med sin pappa var väldigt starkt. Jag saknar honom så klart också. Men det var jobbigast för Ava«.

»Är det hon som målat tavlan där uppe? Med ett barn som håller en vuxen man i handen«.

»Ja det är Ava som målat den. Det är ett foto jag tog när vi var på semester, som hon målat av«.

»Okej. Vi skulle behöva veta vilken skola Ava går på?«

»Eh, gymnasiet i stan«.

»Bromangymnasiet? Inne i Hudik?«

»Ja, så heter det«.

»Vi har nog inga fler frågor just nu. Jag ringer dig om vi behöver fråga något mera«.

De går ut från huset. Valeria säger till de andra: »Då åker vi tillbaka till polishuset då, och lägger lite pussel, så Ava kommer hem igen«.

5.

17 november 2023.

Väckarklockan ringer. Valeria öppnar ena ögat och kisar mot den. Halv sju. Hon drar täcket upp till näsan och blundar igen. Gårdagens detektivarbete ledde inte någon vart. Klockan blev halv tolv, innan de bröt upp.

För lite sömn, och en hjärna som gått på högvarv. Sängen kan vara så skön ibland. Tanken på hennes bror kommer tillbaka. När ska sorgen och saknaden försvinna? Och det hände så tätt inpå pappas död. Psykologen säger att det kan ta flera år. Andetagen blir korta. Migränen tilltar. Hon vänder sig om i sängen och somnar om.

Telefonen ringer. Men hon låter det ringa. Till slut tystnar signalerna. Och startar om igen. Hon sträcker ut ena handen mot nattygsbordet. Tittar på telefonen. Vad i helvete, klockan är tio. Hon harklar sig och trycker på svara knappen.

»Valeria? Var är du«?

»Morgan? Jo eh jag sov visst över. Men ska klä på mig så ses vi om trettio«.

»Sov över? Vad håller du på med. Vi ses om femton«, säger han och lägger på luren.

Hon suckar tungt och sätter sig på sängkanten. Med släpande steg tar hon sig till badrummet och klär av sig. Vrider på varmvattnet och ställer sig i duschen för att vakna till. Funderingar på fallet nöter i hennes huvud. De måste gå igenom det de har igen för att se om det finns likheter och samband. Så kommer hon på skruven som satt i däcket. Hon går bort till hatthyllan i hallen där jackan hänger. Hon sticker ned handen och känner efter. Jo den är kvar. Så går hon bort till köket och sätter sig vid köksbordet.

Efter att ha suttit i sina egna tankar ett tag tittar hon på klockan. Skit också, halv elva. Hon klär på sig snabbt. Sätter upp det blöta håret i en knut, drar på sig en mössa, och stoppar ned en kexchoklad i väskan och går ut, låser dörren och springer ned för trapporna. Men så kommer hon på att hon måste gå in i lägenheten igen och stänga alla fönster. Sedan den gången hon blev instängd i en hiss, är hon tvungen att ha alla fönster på glänt när hon befinner sig i lägenheten. Hon är mindre instängd då, när hon vet att fönstren inte kan gå i baklås. Det blev inte bättre när hon satt fast mellan trädet och bilen vid trafikolyckan heller. När hon stängt alla fönster stannar hon upp och tittar på den lilla byrån i hallen. Där står gravljuset hon köpt för att tända på Lucas grav i dag. Hon rycker åt sig det och går hon ut och låser dörren igen. Idag är det lite bättre väder. Inte så mycket snö. Perfekt väder för en motorcykeltur till jobbet. Med rask takt går hon de två minuter det tar från hennes lägenhet till garaget. Med van hand för hon kodlåset till rätt sifferkombination och öppnar porten. Det luktar olja och bensin och hon tar ett djupt andetag och drar in lukten. Hon går fram och sätter sig på motorcykeln. Den startar på första försöket och motorn mullrar i gång. Hon sliter av sig mössan, på med hjälmen och kör i väg med ett leende på läpparna. Framme vid polishuset kör hon ned i garaget. Det är ganska tomt. Några civila bilar är inne. Den nye garagekillen sitter inne på kontoret. Han ser henne inte så hon springer i väg till trapphuset. När hon kommer in i konferensrummet på grova brott är de andra redan på plats.

Gunilla står framme vid whiteboardtavlan. Leo, Anders och Morgan vänder sig om när hon kommer in. »Nu kör vi«, säger Morgan.

Valeria går fram till Gunilla och slår sig ned i skrivbordsstolen vid tavlan. Gunilla med sin eleganta stil, färgglada knytblus och sitt välsminkade ansikte öppnar munnen.

»Jo jag vill säga några ord först. Missing people har ringt mig efter att ha pratat med Avas mamma. De har fått tillåtelse av henne att göra en sökinsats. De ville höra med oss att det är okej. Vi behöver all hjälp vi kan få att hitta Ava. Detta är prioriterat eftersom hon är minderårig. Ni får lägga sökandet efter Julias mördare åt sidan så länge. Det är såklart viktigt det med, men att hitta ett försvunnet barn är viktigare«.

»Jag tror att mordet på Julia och Avas försvinnande har ett samband«, säger Valeria.

»Utveckla«, säger Gunilla.

Valeria ställer sig upp och går fram till whiteboardtavlan. Hon skriver. Julia sexton år, hittad mörad i Jättendal. Ava sjutton år, försvunnen. Bor i Jättendal. Båda bor ensamma med sina mödrar.

»Ser ni sambandet här?«, säger Valeria.

»Jättendal, och ålder«, säger Leo.

»Precis. Även att båda lever ensamma med sina mammor. Det kanske inte är jättevanligt att två flickor, en boende, och en hittad i en liten by som Jättendal, försvinner inom loppet av ett dygn? Plus, att de går på samma skola. Medan Missing people är ute och söker, borde vi åka till skolan och prata med lärare och elever. Jag vill först åka i väg till sökområdet och ge lite information till Missing people«.

»Gör så«, säger Gunilla. »Vi måste verkligen påskynda ärendet«.

Morgan och Valeria reser sig upp. Han säger: »Vi tar lärarna, så kan Leo och Anders ta eleverna. Vi träffas här efteråt och stämmer av«.

Leo harklar sig och är på väg att öppna munnen för att säga något, när han får ögonkontakt med Morgan. Han stänger munnen och tittar på de andra. »Okej«, säger han.

Missing people har samlats i närheten av fiskeläget i Mellanfjärden, Jättendal. En stor samling frivilliga har slutit upp. Några uniformerade poliser med hundar deltar i sökinsatsen. Valeria och Morgan kommer fram till fiskeläget och möts av en medelålders kvinna. Hon marscherar fram till dem, sträcker fram handen och presenterar sig.

»Anne-Marie, trevligt«, säger hon med en röst som låter som en stor karl. »Föreståndare för Missing People i södra Norrland. Vi har samlat ihop en gedigen skara av frivilliga. Vi har delat in oss i grupper och tänker dra oss bort mot Sundsbovallen. Det var där Anna hittade den första flickan«.

»Anna?«, säger Valeria. »Känner ni varandra?«

»Anna är alltid med när vi anordnar sökinsatser i södra Norrland«.

Valeria tittar på Morgan. Han ruskar sakta på huvudet och rynkar ihop pannan.

»På så vis. Men då har ni läget under kontroll? Hör av er om ni hittar något. Ni har även några av våra kollegor med. Rapportera till dem om det skulle vara något«.

»Så gör vi«, säger Anne-Marie och går bort mot gruppen av frivilliga. Valeria står kvar en stund och tittar efter henne. Då får hon syn på Anna. Hon står och pratar med några andra, men lyfter blicken och ser rakt på Valeria. Hon höjer handen och vinkar lätt.

Morgan och Valeria sätter sig i bilen för att åka till Bromangymnasiet och prata med flickornas lärare. Funderingar dyker upp på den här Anna. Hon känner så väl igen henne. Men varför kommer hon inte på var hon sett henne?

»Känner du igen Anna?«, säger hon till Morgan.

»Det var hon som hittade Julia«,

»Ja, men från något annat ställe? Hon är så bekant. Men jag kan inte sätta fingret på var jag sett henne«.

»Tänk inte mer på det nu. Har du pratat med klassföreståndaren så hon vet att vi kommer?«

»Ja. Hon skulle samla ihop alla lärare, så att de kunde komma en och en och prata med oss«.

Framme vid Bromangymnasiet är de lite osäkra på vart huvudingången är. En stor ombyggnad har gjorts sedan de gick där själva.

De går in genom den nya entrén och möts av en receptionsdisk. En skylt sitter några meter innan man når receptionen.

»Jaså, man är tydligen tvungen att ta en nummerlapp«, säger Morgan och rynkar på näsan.

»Nya tider nu«, säger Valeria.

Efter ett tag kommer en kvinna ut och ropar fram dem. De förklarar sitt ärende och kvinnan ber dem sitta ned och vänta. Hon lyfter telefonluren och ringer ett samtal. Eva Westman, som är klassföreståndare i Julias klass kommer nästan på en gång ut och tar emot dem.

»Vi går in i klassrummet. Eleverna har slutat för dagen«.

Klassrummet är ganska litet, men med ett enormt ljusinsläpp. Eva berättar att hon undervisar i bild. »Det är inte så många elever i de klasserna, eftersom bild är tillval. Så vi behöver inte så stort«.

»Julia, gick hon första året här?«, säger Valeria.

»Precis, det gjorde hon. Hon var en mycket duktig och ambitiös elev. Men hon sa inte så mycket. Hon satt mest för sig själv, även på rasterna, och skissade i sitt block«.

»Kan du berätta något mer om henne?«, säger Morgan.

»Inget som jag kommer på just nu. Hon var ingen elev man märker av, om du förstår hur jag menar«.

»Du fick information om att en till flicka som går på skolan är saknad. Ava Nilsson. Vad kan du berätta om henne?«

»Ava, ja vad fruktansvärt. Hon går också på mina lektioner. Ava är ett år äldre, så jag är inte hennes klassföreståndare. Men känner henne naturligtvis efter nästan tre terminer. Hon är lite mer framåt än Julia. Umgås mycket med två andra tjejer i samma klass. De är väl inte lika ihärdiga som Julia. Men duktiga och trevliga tjejer«.

Medan klassföreståndaren Eva och Valeria fortsätter samtalet ser sig Morgan runt i klassrummet. Alster från elever hänger på väggarna. Även skulpturer finns på några hyllor. Han lyfter på en och under står initialerna J.A. En skulptur av ett litet barn. Tårarna rinner nedför kinderna. Hon måste ha känt sig ensam? Blicken fastnar sedan på en tavla med ram. Långt bort i horisonten syns en människa. En liten flicka tittar på honom längtansfullt. Tavlan är välgjord, och längst ned till höger står initialerna A.N. Eva som ser att han dröjer sig kvar vid den säger att det är Ava som gjort den. Den föreställer henne själv och det hon tittar på längst bort i horisonten är hennes pappa. Eva berättar att hon kallar tavlan för »Saknad«.

»Den är så fin och har ett budskap. Vi bestämde oss för att rama in den«, säger hon och ler.

»Både Julia och Ava pratade ibland om att de saknade sina pappor. Jag frågade inte så ingående vart de var. Tänkte att vill de berätta, får de göra det.

Valeria frågar om Eva pratat med de andra av flickornas lärare. Det har hon gjort. Det går bra att de pratar med en och en, och de kan vara i klassrummet.

»Perfekt«, säger Valeria. »Förresten, var befann du dig natten till den sextonde november, när Julia dog?«

»Hmm, torsdag kväll. Men då har jag gympa. Jag går på Friskis och Svettis varje torsdag. Det går bra att dubbelkolla med instruktörerna. Fredagen jobbade jag som vanligt på dagen, och sedan var det tacomys med barnbarnen«.

»Bra, vi är nöjda så nu. Du kan visa in kollegorna hit då en och en. Våra kollegor kommer att prata med eleverna. Vi hör av oss om vi har fler frågor«.

Den första läraren som kommer in visar sig vara Avas klassföreståndare. Han berättar om Ava som en mönsterelev, som dock blivit mer och mer frånvarande den senaste tiden. Han vet inte varför. Men tror att det beror på att hon börjat umgås med en flicka som heter Stina. Det började i alla fall då. Mycket mera att komma med har han inte. Valeria tackar och ber att han skickar in nästa lärare. När de förhört alla lärare men inte fått fram så mycket ny information, tar de sina ytterkläder och beger sig mot bilen.

6.

Morgan och Valeria är på väg tillbaka till polishuset. I höjd med Mc Donalds svänger Morgan in.
»Vad nu?«, säger hon.
»Men fan klockan är två och vi har inte ätit lunch ännu. Vi tar en burgare«.
Valeria är också lite hungrig när hon känner efter.
»Okej, hjärnan måste ha kolhydrater. Så det blir bra«.
När de har beställt och satt sig ned vid ett bord piper det till i Valerias mobil. Hon tar upp den och läser. Meddelande från Krafft: »Ses i kväll?« Efter några minuter svarar hon på meddelandet. »Kan inte. Vi har ett nytt fall och vet inte när jag kommer hem. Vi hörs«.
Det piper till nästan direkt. »Vet, jag har blivit tillsatt som förundersökningsledare. Ringer, puss«.
Hon stoppar mobiltelefonen i fickan, utan att svara. Som tur är har Morgan gått på toa. Han är så nyfiken. Hon sluter sedan ögonen en kort stund och lutar sig lite bakåt. Morgan kommer tillbaka från toaletten. Ungefär samtidigt ropas deras nummer ut, så han går och hämtar maten. »Tänkte på en sak«, säger han när han kommer tillbaka. »Hörde att Leif Bergqvist kom ut förra veckan. Leo har kollat i registren över alla som suttit frihetsberövade för olika våldsbrott den senaste tiden. I Hudiksvalls och Nordanstigs kommuner. Han finns med«.
»Jaså? Men vad tänkte du då?«
»Jo, han har suttit för våldtäkt på minderåriga. Han bor i Harmånger, Och det är inte långt mellan Harmånger och Jättendal. Kanske vi ska ta ett snack med honom? Höra vart han befann sig de aktuella datumen. Man behöver inte ställa så ingående frågor«.

»Vi kan väl åka tillbaka till stationen när vi ätit färdigt. Kolla med de andra vad de fått fram i förhören med eleverna. Så tar vi det med dem också och hör vad de har att säga om Bergqvist«, säger Valeria.

»Yes«, säger Morgan och knyter näven samtidigt som han ger sig fan på att Bergqvist är inblandad.

»En sak till«, säger hon. »Kan vi åka förbi Sofiedals gravplats? Lucas skulle ha fyllt trettioåtta idag. Jag vill tända ett ljus«.

Efter en stunds tystnad säger Morgan: »Det är klart vi ska. Ligger din pappa där också?«

Valerias blick blir dimmig men hon svarar: »Ja, fast hans urna är i minneslunden«.

De äter sina burgare sittande med mobiltelefonen i ena handen. För ovanlighetens skull är det ganska lugnt inne i restaurangen. De säger inget till varandra men får ögonkontakt när de ätit klart och nickar som för att säga att de är nöjda nu och reser sig upp.

När de kommer tillbaka till stationen samlas alla i konferensrummet. In störtar så klart, Mikko van der Krafft. Valeria vet inte vart hon ska fästa blicken. Självklart, han är förundersökningsledare. Om de andra visste att de har ett förhållande, skulle han inte få ta sig an fallet. Men hon får skylla sig själv. Inget att göra något åt nu.

Krafft går fram till whiteboardtavlan. Han tar upp sin dator och ställer den på skrivbordet. Förklarar för de andra att han blivit tilldelad fallet som förundersökningsledare.

Morgan lutar sig fram till Valeria och viskar i hennes öra: »Den sprätten. Det här klarar vi själva?«

Hon svarar inte utan försöker hålla sig så neutral som möjligt. Han frågar hur långt de har kommit, och om de är någon på spåren. Morgan reser sig upp och berättar att det även har anmälts en till flicka försvunnen, och att de förhört mamman och lärarna på skolan.

»En till flicka? Jaså?«, säger Krafft. »Men det finns ingen kropp?«.

»Exakt«, säger Morgan. »Vi hoppas att Missing People gör något fynd. Men jag har en liten fundering. Leo har gått igenom registren för personer dömda för våldsbrott i närheten. En person, Leif Bergqvist, har precis kommit ut. Han bor i närheten av Jättendal. Kanske värt att kolla upp?«

»Låter som en bra idé. Rapportera till mig om det dyker upp något jag bör känna till«.

Anders berättar om förhören med eleverna på skolan. Han och Leo har förhört ett tiotal. De ska sätta sig och gå igenom alla förhör för att se om det ger något.

»Jag ska även gå igenom Julias mobiltelefon och laptop, samt Avas iPad, och hoppas att vi hittar något av värde«, säger Leo.

»Det blir bra, men tänk på att vi nu lägger mest fokus på att hitta Ava«, säger Gunilla. »Förresten, jag måste rusa, har ett möte om fem minuter«.

När Gunilla har gått samlar även Krafft ihop sina saker och stoppar ned dem i portföljen.

»Ska väl tänka på refrängen jag med«, säger han, och ger Valeria en lite för lång blick.

När endast de fyra utredarna är kvar i rummet går Anders fram till whiteboardtavlan. Han sätter upp en bild på Julia och en på Ava. Valeria har tidigare under dagen skrivit ned sambanden mellan flickorna. Anders drar streck. Han ber även Leo skriva ut en bild på Leif Bergqvist som de kan sätta upp. Han skriver: Våldtäkts dömd på minderårig, bor i Harmånger. Valeria tittar på klockan och gäspar stort. »Vad tror ni? Vi kommer nog inte längre i dag eller? Känner mig helt off. Vi kan väl åka hem, sova lite, så kanske vi kommer på något nytt i morgon?«

Leo reser sig upp och säger: »Håller med Valeria. Jag har två avsnitt kvar på ett fall för Vera. Vem vet? Kanske jag får något nytt uppslag när jag sett dem«. Hans ögon lyser och man kan se hur mycket han längtar.

»Ja ni ungdomar«, säger Anders. »Gör så. Jag blir kvar här och går igenom alla förhör igen. Min hjärna behöver hållas i gång så jag inte tacklar av alldeles«. Han skrattar sitt mullrande, goa skratt och tar tag i några pappersbuntar«.

Högst upp i ena bunten ligger förhöret med Julias mamma Mikaela. Han skummar igenom det men kan inte läsa något om Julias pappa. Bara att de inte har någon kontakt. Kanske vore det en idé ändå att ta reda på vad han heter och vart han bor? Han kanske kan berätta något om sin dotter som är av värde för utredningen.

Medan han funderar vidare och fortsätter att läsa igenom förhör med eleverna, är det många som nämner en Stina. Som tydligen också studerar konst för Eva Westman. Hon går i samma klass som Ava, men brukar umgås med både Julia och Ava. Varför har inte hon blivit förhörd? Han skriver upp det på sin att göra lista inför morgondagen.

7.

När Valeria kommer hem till sin lägenhet kör hon sin vanliga rutin. Trots att det är minusgrader. När hon gjort det och tagit av sig ytterkläderna, ringer telefonen. Hon tittar på displayen. Krafft. Åhh, hon orkar inte. Med en rörelse snett över skärmen, kommer hon åt inställningarna och stänger av ljudet på telefonen. Nu kan den ligga där och hon ska inte ge den en endaste minut. I kväll är det hon och teven.

En rolig lättsam film eller serie som är långt ifrån hennes jobb som utredare. Ibland behöver hon få stänga in sig och vara liten och inte tänka. Hon blippar fram och tillbaka med fjärrkontrollen. Det slutar med senaste säsongen av Leif & Billy.

Efter fyra avsnitt är hon sig plötsligt väldigt rastlös. Hon går in till köket. En liten anslagstavla sitter ovanför hyllan med kökshanddukar. Hjärnan går på högvarv, och hon skriver Julia och Ava på varsin post it lapp. Med en liten nål sätter hon upp dem på tavlan. Just för tillfället kan hon inte tänka klart. Fan att det ska vara så svårt.

Klockan på mikrovågsugnen visar halv tolv. Hon tar fram sin mobil. Krafft har ringt tre gånger. Varför är jag så här? Måste bestämma mig. Hon trycker på uppringningsknappen. Han blir glad och trettio minuter senare står han utanför hennes dörr.

När hon öppnar dörren hinner han inte mer än stänga den bakom sig förrän hon sliter av honom jackan. Han säger inget. I stället tar han av sig skorna. De håller om varandra och går tillsammans in i sovrummet. Han tar tag i hennes midja och sätter ned henne på sängen. Kläderna slits av och kastas på golvet. Hon känner hur han vill. Hon vill. De kysser varandra överallt på kroppen. Men, den jävla ångesten. Tankarna maler i huvudet. Tårarna rinner och hon skakar i hela kroppen. Krafft tittar upp och slutar smeka och kyssa henne.

»Valeria, vad är det som händer? Mår du inte bra?«

Hon reser sig upp med ett ryck, och rusar ut till badrummet. Krafft sitter kvar i sängen och vet inte vad han ska göra. Han förstår inte vad som precis hände.

Minuterna går, han kliver upp ur sängen för att se efter så att inget hänt. Han drar på sig t-shirten och går i väg mot badrummet. Försiktigt knackar han på dörren. »Valeria, hur är det?« Inget svar. Sakta trycker han ned handtaget. Dörren är öppen. Längst in i ett hörn sitter hon med en filt omkring sig. Ögonen är slutna och hon lutar sig bakåt mot väggen. När han närmar sig henne slår hon upp ögonen och ser på honom.

»Förlåt«.

»Men du, det finns inget att förlåta. Du har inte gjort något fel. Följ med till sovrummet och kryp ned under täcket. Jag vill hålla om dig«.

Han sträcker ut armen och drar upp henne. Tillsammans går de mot sovrummet.

»Mikko«, säger hon. »Vill du stanna hos mig i natt? Vill du hålla om mig hela natten?«

Han kryper ned under det fluffiga duntäcket och lyfter på det så hon kan lägga sig intill.

»Hur långt är ett snöre?«. Han lägger sina armar om henne och drar henne tätt intill sig.

Valeria vaknar med ett ryck och tittar på klockan som visar fem över sex. Hon sträcker på sig och andas ut. Minnen från gårdagskvällen dyker upp. Men var är Mikko? Det doftar kaffe från köket, så hon tänker att han nog är där. »Mikko«, ropar hon, samtidigt som hon sveper morgonrocken omkring sig och går mot köket. Kaffebryggaren är mycket riktigt påslagen. Bredvid på en tallrik ligger en fralla med ost, skinka och grönsaker. Det ligger en hopvikt lapp intill.

»Behövde åka hem innan jobb och hämta min jobbtelefon. Hoppas du mår bättre nu. Puss, M«.

Hon ler när hon läser meddelandet. Hon mår hon mycket bättre nu. Sömnen har varit bra för en gångs skull. Efter frukosten klär hon på sig och sätter upp håret i en tofs. Stänger fönstren, och går ut. Hon låser dörren och springer de cirka två kilometer det är till jobbet.

Tio i åtta är hon inne på polisstationen. De ska ha en dragning halv nio och även van der Krafft och Gunilla ska delta. Hon går ned till omklädningsrummet. Tar en snabb dusch och klär på sig. Hämtar sin dator och tar med sig en kopp kaffe in till konferensrummet. När hon kommer in är de övriga redan på plats.

»Lugn natt«, säger Morgan till henne.

»Varför skulle jag inte ha haft det? Inte sovit så bra på länge. Själv då?

Morgan svarar inte utan vänder sig om till Leo och ställer samma fråga.

»Eh, vadå lugnt? Vad har varit lugnt?«

»Men jag tror väl på faan. Det verkar vara ett enda stort sammelsurium i ditt huvud«.

»Semlor? Nä jag har inte ätit någon ännu. Säljer de sådana redan?«

»Snacka om att vara tankspridd«.

Därefter skrattar alla andra utom Leo, som inte kan förstå vad som är roligt.

Klockan är strax före halv nio och de går in till konferensrummet. Anders är redan där och de andra slår sig ner.

»Vad sjutton är Gunilla någonstans då«, säger Anders. »Hon skulle börja«.

»Hört av Lizette att hon såg Gunilla ute i går kväll«, säger Valeria. »Kanske har hon bortamatch och har inte kommit hem ännu?«.

All fyra gapskrattade. Exakt halv nio kommer van der Krafft in genom dörren. Han ursäktar sig och säger att han var tvungen att vända om, då han glömt sin mobiltelefon hemma. Valeria vet inte vart hon ska titta. Efter en stund går de i alla fall igenom det de har och redovisar det för Krafft. När alla sitter helt tysta, inbegripna med det de hade i utredningen kommer Gunilla. Morgan tittar på klockan. Sedan på Gunilla.

»Ursäkta att jag är sen. Vet inte vad jag ska skylla på, men nu är jag här. Jag blev i går kväll uppringd av Anne-Marie. Kvinnan som leder Missing People«.

»Vi vet vem hon är, kom till saken«, säger Morgan.
»I alla fall så har de inte hittat något. Men hon sa att de skulle utöka området och fortsätta sökandet i kväll«.
»Då skulle vi kunna besöka Leif i Harmånger«, säger Valeria.
Leo reser sig upp och berättar att han har slagit i registren på datorn och fått fram uppgifter på Julias pappa. En Erik Granhagen.
»Han bor i Skåne. Tänker om vi ska kolla om det går att ha ett förhör på länk? Annars måste någon åka dit. Julia har även två små halvsyskon. Har också tittat i vårt gamla manuella arkiv, men hittade inget för tillfället. Ska fortsätta i morgon«.
De bestämmer att Valeria och Leo åker till Leif. Morgan har, mot sin vilja, tandläkarbesök.
»Men då ringer jag pappan och hör om vi kan boka in något«, säger Anders.

8.

Leo och Valeria är på väg till Leif Bergqvist. Hon kör och Leo sitter bredvid, men ändå inte. Han är i sin egen lilla värld. Hörlurarna är på. Hon funderar om de växt fast. Men det är skönt att ha med någon i bilen som är tyst också. När de är framme i Harmånger stannar hon bilen vid Ica. Leo tar av sig hörlurarna och tittar på henne.
»Vad händer?«
»Tänkte springa in här och köpa något att dricka. Vill du ha något?«
»Aaaa. Hmmm, en cola«.
»Okej, fixar det«, säger hon och funderar lite på varför han inte kan säga direkt vad han vill. Antingen är det ett hmm, eller ehhh. Han verkar ha en jäkla beslutsångest.

Efter någon minut kommer hon tillbaka. »Köpte ett varsitt wienerbröd också, ifall vi behöver något at tugga på sen«.

Hon startar bilen och tar av mot en by som heter Stocka. En liten bit efter den vägen hyr Leif ett hus. När de kommer fram till det hus hon tror att det är, ser hon inget nummer på det.

»Det måste vara här«, säger hon. »Vi kliver ur här och knackar på«.

Leo går först. »Det ser en aning mörkt ut. Men det står en bil här. Och det är skottat«.

»Ja det måste vara här«.

Nästan samtidigt som Valeria säger det, öppnas ytterdörren.

»Tjeena. Leif här. Kom in, men ta inte av er skorna«.

Han är väldigt trevlig trots att han inte vet vilka som kommer på besök.

»Vi kommer ifrån Hudiksvallspolisen«, säger Valeria och håller upp polisbrickan. Han tittar inte ens på den utan fortsätter in i hallen.

»Såg det«, säger han.

»Såg?«, säger Leo frågande.

»Jahaa«, säger han och skrattar. »En gammal kåkfarare som jag känner lukten av polis på långt håll«.

De går in i hallen ser sig omkring. Inte kan man säga att det är så trevligt inne. Målarfärgen håller på att lossna från väggarna, och det känns att någon har rökt inomhus. Det är också en unken lukt, lite som mögel. Någon särskild lust att gå in, har hon inte. Men gör det ändå.

»Ni får ursäkta röran. Har bott här i en vecka. Inte kommit i ordning. Schysst av snubben jag hyr av att jag fick flytta in med så kort varsel. Han hade tänkt renovera, eftersom huset stått tomt i tio år, efter att hans pappa gått bort. Men jag sa att, vafan, jag kan fixa lite på kåken, så jag har något att göra. Då blev han så glad att jag fick bo här svinbilligt«.

När han pratar kan man se hur käkarna rör sig i sidled. Märkbart ärrad av många års missbruk. Han haltar in i köket, och Leo och Valeria följer efter. Det är ett rymligt kök, men det finns inte mycket möbler. Ett litet runt bord och tre pinnstolar. Varav den ena stolen är belamrad med diverse papper och gamla tidningar.

»Varsågoda och slå er ned«, säger Leif. »Det är lite rörigt här inne också, men som sagt, jag har inte riktigt bott in mig så att säga«. Han skrattar högt på inandning och lutar sig med ryggen mot diskbänken. »Jaa, vad är det ni undrar över nu då? Förresten, är det okej att jag tar en cigg? Är liksom lite rastlös«.

»Det är okej, men vi har några frågor. Var befann du dig natten mot den sextonde november?«, säger Valeria.

»Aaa, får se nu, sextonde november? Hmm, natten mot. Det måste bli den femtonde november då«.

Leo tittade på Valeria med en blick som sa: »Snacka om skadad hjärna«. »Ja, natten mot den sextonde november. Visst man kan säga den femtonde november också, om man tar tiden före tolv« säger han.

»Jo det var i onsdags, ja just det jag var hos en polare. Han, Leif gör en konstpaus, han bor på vägen mellan Jättendal och Bergsjö«.

»Bra men då kan vi ta hans namn och telefonnummer, så vi kan dubbelkolla att han minns samma som du«.

Leif hittar ett gammalt kuvert som han skriver ned namn och telefonnummer på. De tackar, reser sig upp och går ut. När de sitter sig i bilen och har kört i väg en liten bit, utom synhåll för Leif, stannar de och Valeria tar upp sin telefon. Leo läser upp telefonnumret som står på kuvertet och hon slår in numret. När hon precis är på väg att lägga på svarar en man: »Ahaa, hallå«.

»Mitt namn är Valeria Ek, och jag ringer från Hudiksvallspolisen. Är det Micke jag pratar med?«

Mannen harklar sig och svarar: »Ahaa, jo det är Micke Kindblom«.

»Vad bra. Är du hemma nu? Vi undrar om vi kan komma förbi och ställa några frågor«.

»Jaså? Vad gäller det? Eller ja jag antar att det går bra. Vet ni var jag bor?«

»Yes, vi har fått din adress av din kompis Leif. Vi pratar om det när vi kommer«.

»Leif, ha ha ha, ja, jo men då ses vi då«.

Hon klickar bort samtalet och femton minuter senare står de utanför Mickes hus. En jättefin gammal hälsingegård, med snickarglädje. Det finns en mindre ladugårdsbyggnad och ett stort garage också. Några får går i en hage bredvid. Gården är välskött och det är skottat och grusat på uppfarten. Leo och Valeria tittar på varandra. Leo öppnar munnen och säger: »Väldigt få av oss är som vi verkar«.

»Vad?«, säger Valeria.

»Ja, inte trodde väl vi att Leffe beffe har sådana här kompisar, som bor så här. Det är precis som Agatha Christie brukade säga »väldigt få är som vi verkar«.

»Jahaa, du menar så. Du och dina engelska deckare«, säger Valeria och ler.

De kliver ur bilen och går mot huset. När de kommit nästan ända fram till trappan ropar en man från ladugården.

Han vinkar och säger: »Här, jag är i fejset och stökar«.

De vänder om och går ned till ladugården. Det ser mycket välskött ut och golven är så städade att det ser nästan ut som ett salsgolv.

»Jomen«, säger mannen som de förstår är Micke. »Vi har tjugofem får här på gården. De går ute hela dagarna, men är inne om nätterna. Det är frugan som är lite fjantig med det. Hon påstår att de fryser«. Han skrattar och fortsätter: »De brukar gå på lösdrift året runt, men på senare år har det varit så mycket regn och snöslask på vintrarna, så hon klarar inte av att de går ute«.

»Vi förstår. Men vad har man får till egentligen?«, säger Leo.

»Ullen. Vi klipper dem och gör garn. Och så kan man tova ullen och göra tofflor. Vi slaktar så klart också ibland. Köttet kan man äta, och sen blir det fina fårskinn. Tycker ni om fårkött?«

Leo rynkar ihop hela ansiktet och säger: »Jag är vegetarian«.

»Har du tid att svara på några frågor?«, säger Valeria.

»Absolut«.

»Hur känner du Leif Bergqvist?«.

»Lill Leffen som vi kallade honom som barn. Han har mer eller mindre växt upp hos oss. Det är tio år mellan oss. Det här är mitt föräldrahem. Hans uppväxt har inte varit lätt. Så han tillbringade mycket tid hos oss och hjälpte till på gården. På den tiden fanns mjölkkor här också. Och katter. Leffes pappa var alkoholist, och sällan hemma. Mamman jobbade dubbelt och skulle sköta hemmet också. De bodde en bit bort här efter vägen. Han har nog sett mig som en extrapappa tror jag. Så när han kom ut från kåken sista svängen nu kom han förbi och frågade om han kunde hjälpa till på gården. Självklart sa jag. För man tycker synd om grabben också. Eller grabb och grabb. Han fyllde femtio i höstas«.

Micke skrattar och fortsätter: »Han har mest suttit för narkotika på senare år. Första gången han satt av blev han oskyldigt dömd«.

»Vad baserar du det på?«, säger Leo.

»Nja, jo men han var ihop med en tjej, Mikaela. Hon var nog runt fjorton år när det träffades. Ja hon bodde här i byn också. Men du vet, hon var en jävla psykopat. Ett år senare anmälde hon Leffen för våldtäkt. Tror inte ett dugg på det. Leffen är världens lugnaste. Men, ni vet, man tror för det mesta på tjejen i sådana här lägen«.

»Okej«, säger Valeria och fortsätter efter några sekunders tystnad. Mikaela säger du? Vet du vad hon heter i efternamn?«

»Jag vet inte vad hon heter nu. För jag har hört att hon gifte sig. Men som barn hette hon i alla fall Arvehag«.

Då är det Julias mamma. Har hon någonting med mordet på sin egen dotter att göra? Hon har alibi för mordkvällen, men vad vet vi egentligen om henne?

»Vi är här för att ställa några frågor om någonting helt annat. Leif har berättat för oss att han var här natten mot den sextonde november. Stämmer det?«

»Jo det är riktigt. Vi hade en tacka som inte mådde bra. Distriktsveterinärerna var i Bollnäs, så det tog en stund för dem att komma hit, därför var Leffen här och hjälpte oss vaka över henne. Det är ju förjävligt för oss djurägare med denna veterinärbrist. Distriktarna i Hudik har ju lagt ned. De får inte tag på veterinärer«.

»Din fru, vad heter hon förresten? Var hon också hemma?«

»Anja, nej hon jobbar nätter på ett gruppboende i Harmånger«.

»Så det var endast du och Leif?«

»Ajamen«, säger Micke och reser upp sig som i givakt.

»Har du hört talas om att man har hittat en död flicka några kilometer härifrån?«

»Japp, förjävla kusligt. En jobbarkompis till Anja berättade om en försvunnen flicka också. Hon ska visst bo här i Jättendal någonstans. Anjas jobbarkompis var med och sökte henne med Missing People. Men det gav nada«.

»Men då har inte vi några fler frågor om du inte har något du undrar över«.

Micke såg ut att tänka efter, men skakade på huvudet.

»Då tackar vi för din tid. Hör av dig om du skulle komma på något. Vi kanske ringer dig också, om vi har fler frågor«.

»Men du«, säger Micke. »Tänkte på det, det bor en mysko kille bortanför Mellanfjärden. Vet inte vad han heter. Men brukar se han på Ica i Harmånger. Han pratar liksom inte med någon. Verkar vara lite knepig«.

»Tack för upplysningen, vi kollar upp det«.

»Då åker vi hem, Miss Marple«, säger Leo och drar på sig sina lurar.

9.

»Då var man fixad i käften då«, säger Morgan när han kommer tillbaka till polisstationen.

»Perfekt«, säger Anders och drar ut på vokalerna. »Jag har pratat med Julias pappa. Vi ska ha ett skypemöte med honom om en halvtimma. Så det är bra att du är tillbaka«.

»Hoppas det funkar att vi sitter i konferensrummet då, och kopplar upp oss på storbilden. Är Leo och Valeria tillbaka?«

»Nej jag har inte sett dem ännu. Men de borde nog vara tillbaka närsomhelst«.

Morgan går mot konferensrummet. Utanför korridorens glasdörrar står Gunilla. Hon ser ut som att hon kommit direkt från krogen i sin korta åtsittande dräkt med leopardmönster. En yngre kvinnlig polisaspirant står tätt intill. Hon har väl inget att göra med aspiranterna? Kanske är någon hon känner? Eller ska hon limma på aspiranterna nu också.

Anders kommer in och de förbereder mötet. Ingen av de är vidare tekniskt lagd och hade hoppats att Leo skulle hinna tillbaka. Men de gör så gott de kan och när klockan slår två ringer de upp pappan via skype.

Det strular lite och de måste försöka igen. Men någon minut senare syns en man på storbildsteven. Han presenterar sig och de går igenom att han förhörs upplysningsvis. Han är inte misstänkt. Julias pappa presenterar sig som Erik Granhagen. Han berättar att han inte kunde leva med Mikaela. När dottern Julia fyllt tre år packade han sina väskor och drog till Skåne.

Det piper till i Morgans mobiltelefon. Meddelande från Valeria. »Om ni pratar med Julias pappa. Fråga honom om Mikaelas uppväxt«.

»Hur kommer det sig att du drog i väg ända till Skåne«, säger Morgan

»Som du hör kommer jag därifrån. Jag flyttade tillbaka till min barndomsby, Södra Sandy. Efter att ha bott hos mina föräldrar i några månader fick jag en egen lägenhet. När jag bestämde mig för att flytta hade jag precis blivit uppsagd från mitt jobb på Ericsson också, då de skulle lägga ned. Så det passade väldigt bra med en flytt just då«.

»Löste det sig med jobb när du flyttade ned?«

»Nja, inte direkt. Men är utbildad undersköterska också, så någon vecka efter att jag flyttat ned, var jag på en intervju på ett äldreboende. Jobbet var som vikarie. Trivdes väldigt bra faktiskt, men sökte sedan en tillsvidaretjänst på Lunds sjukhus. Och där är jag kvar, en sisådär tolv år senare«.

»Har du familj?«

»Mmm. Min fru och jag träffades på sjukhuset. Hon jobbar som medicinsk sekreterare. Två barn har vi hunnit få också«, säger han och skrattar.

Det blir tyst i några sekunder, sedan säger Anders: »Vad gjorde du natten mot den sextonde november?«

»Inte var jag i Hudiksvall i alla fall«, säger han med ett lite otrevligt tonfall.

»Vart var du då?«, säger Anders.

»Det är skiftarbete på min avdelning på sjukhuset, så jag jobbade natt då. Mina kollegor kan intyga det. Jag har inte haft någon kontakt med Julia på alla år. Det är fruktansvärt egentligen, men hennes mamma har inte velat det, min tanke med flytten så långt bort, har egentligen inte varit att komma bort från Julia. Hade gärna fortsatt att ha kontakt med henne. Men Mikaela är inte så trevlig, och jag kände att jag ville starta om någon annanstans«.

»Så ni har inte pratat på alla år?«

»Näe. De första åren skickade jag kort på Julias födelsedag och till jul. Men eftersom jag aldrig hörde något från dem, slutade jag med det efter ett tag«.

»Berätta mer om din och Mikaelas relation«, säger Morgan

»Oj. Vad ska jag säga. Vi träffades på en resa. Jag var jättekär, så jag flyttade upp till henne någon månad senare. Det var två år innan Julia föddes, 2005. Allt var frid och fröjd och man var nykär. Så föddes Julia. Då blev hon som förbytt. Svartsjuk bland annat. Trodde först det var någon slags förlossningsdepression. Jag stod ut i tre år. Sen orkade jag inte längre. Efter den dagen har jag inte satt min fot i Hudiksvall«.

»Vilken jävla dåre«, säger Morgan.

Anders försöker få ögonkontakt med Morgan. Men Morgan kör på. Han harklar sig och mumlar »ja ja, hum, ursäkta. Men det måste ha varit jobbigt för dig?«

»Ja, vad ska jag säga. Det är fruktansvärt tråkigt det som hänt. Men jag har som sagt inte haft någon kontakt med vare sig Julia eller Mikaela, på tretton år«.

»Vad vet du om Mikaelas bakgrund? Har hon släkt i Hudiksvall?«

»Under de år vi var gifta träffade jag inte en enda släkting till henne. Hennes föräldrar är döda. Vi gifte oss i Thailand på en strand, med några vänner som vittnen«.

»Tack för att vi fick prata med dig«, säger Anders. »Vi återkommer om vi har fler frågor«.

De kopplar bort honom och Anders säger: »Du måste tänka på hur du formulerar dig. Försök att tänka till innan du öppnar munnen nästa gång. Vårt jobb är att lyssna och vara diplomatiska. Vi är inte här för att döma någon. Men ditt psykologiska djup är som ett dörrhandtag«.

Morgan ser lite moloken ut. Han sitter först helt tyst ett tag, men säger sedan: »Tänkte du på att han hade svar på alla frågor nästan direkt. Som att han hade repeterat«.

»Ja, när du säger det kanske«, säger Anders.

Dörren till konferensrummet slås upp med en smäll. In kommer Leo och Valeria. De berättar om sitt möte med Leif och även om mötet med Micke.

»Micke nämnde någon konstig typ som bor i Jättendal. Han håller sig mest för sig själv«, säger Valeria. »Kanske värt att kolla upp honom? Vi fick också veta att det var på grund av Mikaela som Leif Bergqvist blev straffad för våldtäkt på minderårig. Hon växte tydligen upp i Jättendal.«

Morgan går fram till whiteboardtavlan och skriver Mikaela med versaler. Han drar ett streck till Julias foto. Skriver sedan Leif Bergqvist och drar ett streck även till honom.

»Har ni något namn på den här konstiga typen?«

»Nej tyvärr. Inte än. Men vi vet på ett ungefär var han bor. Leo ska kolla upp det. Men fokus är nu först på att hitta den försvunna flickan. Även om vi så klart vill sätta dit mördaren också«.

Leo försvinner in till kontoret och slår sig ned vid skrivbordet. Han startar upp datorn, och öppnar hitta.se. Mellanfjärden är som ett myller av stugor. Det är inte världens bästa beskrivning de fått var den här typen bor. Kollegorna i yttre tjänst kanske kan göra en sväng dit och knacka dörr. Någon borde väl känna till den här mannen? Han måste fortsätta att granska förhören med eleverna. Det måste finnas något i dem som ger en ledtråd till var Ava befinner sig.

Telefonen väcker honom ur hans funderingar. Efter tre signaler svarar han: »Polisen Hudiksvall, Leo Edvardsson«.

»Hej! Mitt namn är Ingrid Greve och jag ringer ifrån Hudiksvalls tidning«.

»Jaså«, säger Leo.

»Jo jag blev kopplad till dig när jag sökte någon på grova brott. Du är tydligen den enda som är ledig«.

»På så vis«.

»Vill bara ställa några frågor om kroppen ni har hittat«.

»Inga kommentarer på det. Hänvisar dig till vår presstalesperson Peter Ottmar i Gävle«, säger Leo.

»Du kan inte säga vem det är eller vad som hänt alltså«, säger journalisten Ingrid.

»Ring polisens växel och be att få bli kopplad till Peter Ottmar. Det är det enda jag kan säga«.

»Okej. Tack ändå«, säger Ingrid och Leo klickar bort samtalet.

Jävla nyfikna journalister.

10.

Ute vid entrén till polisstationen sitter Valeria på en bänk med en kopp kaffe. Det är minus två grader, sol och vindstilla. Morgan öppnar dörren. »Tänkte att du och jag ska åka till Julias mamma igen. Nu när vi pratat med Micke i Jättendal, och Julias pappa, har det sannolikt dykt upp fler frågor«, säger han.
»Kan vi ta en promenad dit?«
»Promenad? Det är ju minst fyra kilometer dit«.
»Men det är skönt att få lite luft«, säger hon.
»Jahaa?«
Vad är det med henne? Hon har uppenbarligen blivit tokig. Inte fan kan vi gå fyra kilometer. På vintern? Det tar hela dagen och vad får vi ut av det? Vi förlorar tid. Tid vi kan lägga på att hitta Ava. Ibland undrar man.
»Hm, jag har väldigt dåliga skor. Och har haft problem med hälsporre. Vill inte ha det tillbaka så jag känner mig nödgad att ta en bil«, säger Morgan.
»Okej, men jag kör«.
Inte en gång till nu med honom bakom ratten, tänkte hon. Kan man inte andas innan, kan man det ännu mindre efter en bilfärd med honom. I somras när han jagade en misstänkt genom hela Hudiksvall och Ilsbo, när det till slut tog stopp vid macken. Det var inte en höjdpunkt. Då var det nog flera som tackade gud när den misstänkte fick punktering och vansinnesfärden fick ett slut. Stackars Leo som satt bredvid. Men han är väldigt engagerad. Önskar att alla utredare var som han. Då skulle vi få flera brott lösta.

De går tillsammans ned till garaget. Inne i garaget står några kollegor från yttre tjänst och samtalar. Garagekillen tvättar en av bilarna. När kollegorna får syn på Morgan och Johanna närmar de sig.

»Ut och åka? Vart bär det av?«
»På ett förhör«, säger Valeria.
»Er kollega. Han som är så duktig på datorer. Lars, lin….«.
»Leo?«
»Just det. Leo. Han ringde och frågade om vi kunde bistå med dörrknackning i Jättendal. Vi är på väg dit nu«.
»Det låter bra. Rapportera till honom eller någon av oss då när ni kommer tillbaka«.

Valeria kör ut ur garaget. Det tar nästan längre tid att ta bilen än att gå, när man åker genom stan. När de kommer fram hittar de en ledig plats precis utanför Mikaelas hus. Morgan är som vanligt redan ute ur bilen innan man har stängt av motorn. Det ska bli intressant att se om han kommer ihåg att det är portkod. Han är framme vid porten innan Valeria har hunnit låsa bilen.

»Helvete, det är ju portkod«.
»Vilken tur att jag kollade innan jag klev ur bilen då. 1567«.
Han knappar in koden och de går in. »Jag tar hissen idag. Hälsporren du vet«.

Valeria tar trapporna upp till fjärde våningen. Såklart är hon redan framme när hissen plingar till.

»Du som har så bråttom, det går fortare att gå«.

Morgan trycker på ringklockan. Det hörs ingenting inifrån lägenheten. Kanske borde de ha ringt innan? Han trycker igen. Valeria öppnar brevinkastet och ropar. Då hör de fotsteg närma sig och låsvredet vridas om. En ganska risig Mikaela öppnar dörren.

»Skulle ni komma nu?«.
»Skulle och skulle«, säger Morgan. »Vi har några fler frågor. Går det bra att vi kommer in?«

Hon tar ett steg bakåt och visar med handen att de kan gå in. Hon låser dörren efter dem och de går in och sätter sig i köket.

Innan hon sätter sig ned, drar hon morgonrocken hårt omkring sig. Hon säger ingenting utan stirrar ut i tomma intet. Blicken är helt tom.

»Vi förstår att det här är jobbigt för dig. Men vi vill ställa några kompletterande frågor«, säger Valeria. »Känner du till en Leif Bergqvist?«

Hennes kropp blir stel. Blicken flackar och kroppshållningen är allt annat än avslappnad. Av hela sitt hjärta verkar hon önska att hon just nu skulle befinna sig på en annan plats. Långt borta.

»Vet vem det är«, säger hon.

»Det är inte så att ni tidigare haft ett förhållande?«

»Förhållande? Nä det vill jag inte påstå. Vi träffades en del för många år sedan. Men då var jag en fjortis. Ett barn liksom. Så förhållande, det vet jag inte«.

»Du säger det. Är du uppväxt i Jättendal?«

»Bodde där när jag var mellan sju och sexton år. Är född i Hudiksvall. Men mamma och pappa köpte hus i Jättendal. Började skolan där när jag fyllde sju«.

»Flyttade du tillbaka till Hudik sedan då?«

»Ja när jag skulle gå gymnasiet. Delade lägenhet med en kompis. Sedan dess har jag bott i Hudik«.

»Vi har pratat med Julias pappa. Han berättade lite om tiden när Julia var liten. De har inte haft så vidare mycket kontakt efter att han flyttade vad jag förstår?«

»Ingen aning«.

»Hur är det med andra relationer då? Har du haft eller har du någon ny man?«

»Julia och jag är helt själva. Det är bäst så«.

De verkade inte få ut så mycket mer av Julias mamma just nu. Medan Valeria sitter kvar i köket och småpratar med henne tar sig Morgan en till titt i Julias rum. Inget nytt av betydelse vad han kan se. När han kommer in till köket igen lägger han märke till ett cigarettpaket. Rosa Blend. Var det inte samma märke som fimpen de hittade i ett av fotspåren där de hittade Julia? Men hur många är det inte som röker Rosa Blend. Han kan över huvud taget inte förstå att så många röker, med tanke på att rökning är så jävla farligt. Vill man bli sjuk? Det är verkligen inte billigt heller. Pengar man kan göra något roligt för.

De tackade för sig och lovar informera henne så fort de vet mera.

»Visst var det Rosa Blend? Fimpen du hittade i ett fotspår vid kroppen?«, säger Morgan.

»Ja, varför undrar du?«, säger Valeria.

»Nej jag lade märke till ett paket Rosa Blend på köksbänken hos Julias mamma«.

»Jaså. Men det är ett ganska vanligt märke. Så det är säkert inget konstigt med det«.

»Nej inget konstigt, men ett litet sammanträffande ändå«.

»Det har du rätt i«.

De sätter sig i bilen och kör under tystnad tillbaka till stationen. Valeria funderar på om det hänt på alla år att de kunnat åka fyra kilometer och Morgan varit helt tyst? En väldigt stor bedrift av honom. Han verkar vara väldigt mycket inne i sina tankar just nu. Tillbaka på stationen tar de trapporna från garaget upp till avdelningen. De måste gå igenom alla förhör med lärarna. Även kolla med Leo om han hunnit gå igenom flickornas iPads och mobiltelefoner.

De hinner inte mer än kliva in genom dörren förrän de möter Leo som berättar att han hittat ett oregistrerat telefonnummer på båda tjejernas mobiltelefoner. Samma nummer, men olika tidpunkter. Och det var inte första gången numret ringt dem.

»Har du kollat med mobiloperatörerna om de har uppgifter på vem numret tillhör?«, säger Valeria.

»Ja, båda tjejerna har Comviq men det finns ingen registrerad på numret. Det var först i slutet av sommaren, augusti tror jag, 2022, man var tvungen att registrera sina kontantkort. Men om den här personen redan innan hade ett så var det inte ett krav. Det gäller enkom om man köper nytt«.

»Men man kan väl se var flickornas mobiltelefoner befann sig till exempel när vi tror att Julia mördades, och när Ava försvann?«

»Julias telefon, senast den var påslagen, visar att den var på Djupegatan. Cirka klockan femton den femtonde november. Avas telefon befann sig på bostadsadressen samma kväll hon tog sin löprunda. Så det stämmer att mamman hittade den i badrummet«.

»Det säger inte så mycket. Vi får fortsätta med att gå igenom förhören«.

Leos telefon ringer. Han har headsetet på sig så han behöver inte ens trycka svara på telefonen. »Svara«.

»Ja det är Leo Edvardsson här hos Hudiksvallspolisen«.

»Tjena. Wetterström här, yttre befäl. Vi har varit runt omkring i området som den försvunna flickan i Jättendal bor. Knackat lite dörr och så. Men det är ingen som sett något. Ja vi har varit runt i princip hela Jättendal, men inget«.

»Tråkigt att höra. Ni har inte fått veta något om en ensling, lite underlig typ, som ska bo någonstans i Mellanfjärden?«

»Jorå, det var en äldre kvinna som bor vid fiskeläget, som nämnde honom. Det måste vara han. Han är i åttio årsåldern och håller sig mest för sig själv. Vi åkte dit, och visst var han lite eljest. Men det gick bra att föra en konversation med honom. Tror absolut inte att han har något att göra med flickorna«.

»Okej, men då kan vi avskriva honom. Tack för hjälpen«.

11.

Anders kommer in till kontorsrummet. Leos blick fastnar på honom. Håret står rakt upp och det ser ut som att han inte kammat sig på flera dagar. Knapparna i skjortan han har på sig är felknäppta. Rörelserna är stela och han stödjer sig mer och mer på den gamla kryckan.

»Jag har gått igenom förhören vi haft med alla elever. Det gav inte något direkt. Mer än att en kille nämnde att Julia och Ava pratade mycket om någon kille som hette Gurra. Han visste inte mer än så. Men på något sätt borde vi kolla upp det«, säger Anders.

»Någon av lärarna kanske vet vem det är? Jag ringer klassföreståndaren«, säger Valeria, som också är därinne.

Under tiden hon ringer läser Morgan igenom alla förhör med lärarna. Inget nytt dyker egentligen upp, mer än att en av lärarna nämner en elevassistent vid namn Anna. Hon jobbade hos dem i två månader eftersom en av de ordinarie assistenterna tydligen var sjukskriven. Anna berättade att hon fått en mycket speciell kontakt med Julia och Ava. Hon berättade när de frågade om Anna hade några planer efter vikariatet, att hon sökt jobb på Kronofogden, varit på intervju, och blivit erbjuden jobb från och med 1 november. Kan det vara samma Anna som hittade kroppen? Valeria tyckte att Anna var bekant. Men hon har väl inte träffat henne på Bromangymnasiet när hon jobbade där?

Morgan väntar otåligt på att Valeria ska prata klart med klassföreståndaren. Han kan inte sitta stilla så han går fram och tillbaka i korridoren för att lugna ned sig. Vid toaletterna står Gunilla i djup diskussion med samma aspirant som han sett henne med tidigare. Hon lägger armen på hennes axel och ler stort. När hon får syn på Morgan avslutar hon samtalet och kommer emot honom.

»Hur är det med Gösta då? Länge sedan man såg honom«, säger Morgan.

Hon undviker att svara på frågan genom att i stället fråga hur det går. »Har ni fått fram något nytt?«

»Vi har några trådar som vi drar i. Sedan ska vi väl pussla ihop allt«.

»Samla alla i konferensrummet, jag har också något att berätta«.

»Hälsa Gösta«, avslutar Morgan med ett stort flin på läpparna.

Han går in till Leo och säger att han ska infinna sig i konferensrummet nu direkt. Som vanligt sitter han med lurarna på sig och stirrar på datorskärmen. Han ser dock att Morgan försöker säga något så han tar av sig lurarna.

»Sa du något?«.

»Konferensrummet nu. Gunilla har något att delge. Säg till Anders också. Jag går och kollar om Valeria har pratat klart med klassföreståndaren.«

När alla sitter i rummet kommer även van der Krafft in. Gunilla berättar att det är viktigt att han också är med eftersom han är förundersökningsledare. Valeria blir lite röd om kinderna. Men tittar ned i bordet och ingen av de andra verkar ha lagt märke till det. Krafft ser väldigt proper ut i sina kostymbyxor och pullover.

»Då är alla på plats. Vi har precis fått in en anmälan om en död person. Det är en hundägare som har ringt. Han var ute med sin hund och hunden sprang i väg en bit bort och skällde. Ägaren gick fram och tittade vad han skällde på. Och där låg det en människa. Vi vet inte mer än så i nuläget«, säger Gunilla. »Jo förresten, det rör sig om ett skogsområde i närheten av Hårte i Jättendal«.

»Jättendal? Vad fan. Har du fått koordinaterna?«, säger Valeria.

»Ja det har jag, vilka åker?«

»Jag och Morgan?« Valeria vänder sig om mot Morgan och får ett jakande ansiktsuttryck.

»Har ni skickat dit teknikerna också?«

»Ringde Ossian direkt. De är på väg hem från Gävle efter att ha hjälpt till med något. Så de åker direkt till Hårte«.

Valeria och Morgan reser sig upp och Morgan går i väg till Gunillas kontor. Alla bilnycklar finns i ett nyckelskåp innanför dörren.

Morgan tar ner en nyckel från kroken och precis när han ska säga något säger Valeria: »Jag kan ta nyckeln. Det gick ju bra när jag körde tidigare«.

Hon rycker åt sig nyckeln innan Morgan ens hinner fundera på att säga något. Hon går i väg mot trapphuset.

»Du tar väl hissen? Hälsporren?«

Då satt de återigen i en bil på väg mot Jättendal. Koordinaterna säger att det ska ta cirka trettio minuter till platsen. Valeria känner sig mycket friare när det är hon som har kontrollen.

»Äh fan, just det, du jag kom på en sak efter att ha gått igenom förhören med lärarna. När du ringde klassföreståndaren, passade jag på att lusläsa förhören igen. Och då var det en av dem som nämnde en elevassistent vid namn Anna. Hon hade haft en del kontakt med både Ava och Julia under den tiden hon arbetade där. Och vet du mer? Anna hade efter hon slutat sin tjänst, fått jobb på Kronofogden. Vad är oddsen liksom? Det är ju samma Anna«.

»Ja jävlar. Då får vi ta ett snack med henne också«.

Resan till Jättendal gick över förväntan. GPS:en säger fem minuter kvar till destinationen.

»Ringer du Ossian och kollar vart de är?«

Morgan ringer och får veta att de precis kommit till Hudik. Då är de snart här. Det gnager i honom det här med Anna. Inte nämnde hon, när hon hittade Julia, att hon kände henne. Och om det här är Ava de hittar när de kommer fram. Vilket ju är troligt. Då ligger mördaren så långt före dem att de måste jobba dygnet runt.

»Destinationen ligger på höger sida«, säger kvinnorösten på GPS:en.

Valeria parkerar i en liten glänta. Det kommer en man i sjuttioårsåldern men en stor schäferhund emot dem. Valeria, som är rädd för hundar, speciellt stora, dröjer sig kvar i bilen. Morgan skyndar sig ut och går fram till mannen.

»Hej. Jag heter Morgan, Hudiksvallspolisen«, säger han och håller upp sin polisbricka. »Är det du som hittat kroppen?«

»Jo visst serrö. Min hund sprang i väg. Ja jag brukar ha na lös här i skogen. Men så kom hon inte tillbaka, så jag gick efter. Å tron´t på fan. Så hitter vi en död jänta«.

Mannen sätter upp händerna i luften. De är stora som dasslock.

»Ja jag har inte rört na. Jag ringde direkt för jag förstod att det här är nå skumt. Och jag känner ju till de andra jänterna«.

»Det låter bra. Men då går jag och min kollega fram och ser efter. Vår tekniker är på väg. Jag kan ta ditt telefonnummer, om vi undrar något mera. Annars är det nog bäst att du går hem«.

Mannen skriver upp sitt telefonnummer på ett gammalt kvitto och ger det till Morgan. Han kopplar sedan sin hund och går i väg hemåt.

Ett tjugotal meter in i skogen, mellan två stora stenar, ligger kroppen. Eftersom det är en del spår därute vill de inte förstöra dem. Morgan går därför inte ända fram utan runt stenarna och bakvägen fram till kroppen. Valeria försöker att gå i hans fotspår, så kan de meddela Ossian att det är deras spår. Det är en ung flicka.

»Svårt att säga om det är Ava, då hon har mössa på sig och man inte kan se hårfärgen. Men hon verkar ha legat här några dagar«, säger Valeria.

Flickan ligger dock på rygg. I ansiktet har hon samma tecken som Julia. Inget rep runt halsen, men däremot är händerna fastbundna framtill. Nylonrepet verkar vara av samma typ som Julia var bunden med. Valeria vänder sig om och en bit bort finns också spår från någon slags fordon eller vagn. Ingen större väg finns än den de kommer ifrån. På flickans högra arm finns stickmärken som från en spruta. Valerias blick fastnar sedan på den vackra utsikten. Till höger är det öppet hav så långt ögat når. Hon står som förstenad i några minuter.

»Han har valt en fin plats i alla fall. Det är mycket som är lika med Julia. Det är samma gärningsperson som gjort det. Han vill säga oss något. Men vad?«, säger Valeria.

»Nu är vi här«, ropar någon några meter bort. Det är Ossian och en av hans kollegor.

»Härligt. Vi har gjort ett spår runt platsen så det här till höger är vårt, så ni vet. Det är mycket som stämmer överens med platsen där Julia hittades. Även spår från ett fordon«, säger hon.

»Även den här flickans kläder ser hela ut. Det är nog ingen våldtäktsman ändå«, säger Morgan.

Valeria tar fram sin mobiltelefon, där hon har en bild på Ava. Hon går så nära hon kan och sätter bilden bredvid fickans ansikte. Nej, det är inte Ava. Hennes ansikte är rundare. Och näsan har en annan form. Vem sjutton är det här? Hon slår in Leos telefonnummer och han svarar på första signalen.

»Är det Ava?«

»Nej, det är inte hon. Är det någon annan som är anmäld försvunnen?«

»Jag har kollat igenom alla register, men det finns ingen annan anmäld«.

»Okej, konstigt som fan. Men då vet vi. Vi åker hemåt nu, så kan Ossian göra det han är bäst på. Vi ses«.

Innan de åker går Valeria en sväng till runt stenarna och tar sig en sista titt. Hon lyfter blicken lite till flickans fötter. Är det inte något som ligger intill höger fot? Hon ber Ossian kontrollera och mycket riktigt. Han tar upp en cigarettfimp som är rökt nästan ända ned till filtret. Men man kan fortfarande se vilket märke det är på cigaretten. Rosa Blend. Det var som sjutton. Ossian tar hand om den och stoppar ned den i en påse. Han har såklart den fimpen de hittade i närheten av Julia kvar. DNA provet på den visade inget. Men han ska se efter om den här fimpen har samma DNA. Då är det samme mördare. Det behövs säkerligen inte skickas in något prov för att förstå det, men ändå lite intressant.

Valeria har inte lyckats få fram vad tecknet i ansiktet betyder. Hon måste verkligen försöka förstå det. Om de lyckas med det kanske de vet vilket budskap mördaren vill lämna. Just det, skruven hon hittade i det trasiga däcket, måste hon verkligen få i väg på analys också. Alla ledtrådar behövs.

»Morgan, vi åker nu. Måste ta tag i vem det här kan vara. Vet inte hur, men på något sätt«.

12.

Ava vrider på huvudet och försöker sträcka på sig. Ryggen är krokig och hon ser ut att ha blivit översprungen av en häst två gånger fram och tillbaka. Allt på hennes kropp ser ömt ut.
»Vart är jag? Hur kom jag hit?«, säger hon högt, men får inget svar.
Ett svagt minne av att det var en till person här när hon kom gör sig påmint. Att personen satt i ena hörnet av det lilla rummet, med händerna bundna. Men sedan måste hon ha somnat igen. Blicken far runt i det lilla utrymmet som knappt har några ljusinsläpp, mer än det pytte lilla fönstret högt upp på ena väggen. Det luktar avlopp och mögel. Efter en del arbete lyckas hon ta sig upp till sittande. Hon är så trött att hon måste luta sig mot väggen. Det står en hink inne i rummet. Avloppslukten måste komma därifrån. Så får hon syn på något intill madrassen som ligger på golvet, ett hårspänne med en katt på. Hon vet väldigt väl vart hon sett det förut. Och det är ett hårspänne hon sett på någon hon känner väl. Hon tar upp det och håller det framför sig. Det är Stinas. Men det var inte Stina som var här innan. Nej det var någon annan. För hon minns att den personen var blond. Stina är mörk. Vem kan det ha varit? Vart är Stina? Varför har Stina varit här? Hon bankar på dörren och ropar: »Stina, är du här?«. Men hon får inget svar.
Steg hörs utanför rummet. En nyckel vrids om i låset och handtaget trycks ned. Dörren öppnas och in kommer det någon. Personen har svarta kläder, och en mask i ansiktet. Masken föreställer Jason i filmen *Fredagen den trettonde*. Hon såg den filmen med några kompisar förra året och får rysningar av blotta tanken på den. Han eller hon säger inget men ställer in en bricka med en tallrik och ett glas. Innan hon ens hunnit reagera är personen borta, och dörren

stängd. På tallriken ligger en smörgås som är delad i två delar. I glaset ser det ut att vara mjölk.

Hon släpar sig fram mot brickan och skjuter den sakta framför sig och sätter sig sedan på madrassen. Mjölkglaset är stort. Hon vet inte hur hon ska orka lyfta det mot munnen eftersom hennes armar värker. Med skakiga händer för hon det mot munnen och dricker upp nästan allt i ett svep. Smörgåsen ser ut att ha sett sina bästa dagar. Osten är svettig och smöret har smält. Hon tar ändå en tugga. Det smakar helt okej och hon sköljer ned med den lilla skvätt mjölk som är kvar.

När hon ätit färdigt lägger hon sig ned på madrassen och somnar.

»Varför låste du inte dörren? Hur kunde du låta henne komma ut? Det var inte så här det skulle sluta. Vi skulle ta hand om dem«.

Hon vaknar till av att någon pratar högt. Det är dock enbart en röst. Konstigt. Personens röst är mörk. Svårt att bestämma om det är en kvinna eller man.

Samma röst igen: »Det är så oansvarigt av dig. Nu kan du ha förstört allt. Jag säger ALLT! Men varför står jag här och skriker? Du lyssnar inte. Nu har vi bara en kvar«.

Vem är det som pratar egentligen. Rösten låter bekant, men hon kan inte placera den. Steg hörs utanför hennes dörr igen. Hon lägger sig ned och blundar och låtsas sova. Någon kommer in och hämtar den tomma brickan. Skyndar sig ut och hon hör hur låsvredet vrids om. Snabba steg i väg bort, sedan blir allt tyst. Hon känner sig trött och rädd. Det bästa hon kan göra nu, är att hålla sig lugn. Med höger hand känner hon efter i byxfickan. Något ligger där. Hon tar upp det och inser att det är en dikt hon skrev ut från nätet från diktsamlingen Hej då, ha det så bra.

Sorgen har en näckros i sin sjö.
Där ska jag ansöka om uppehållstillstånd
och möta din blick
i det fridlysta landskapet
mellan min förlust
och mig.
Och sedan ska ni ta ifrån mig vapnen

och knäppa mina händer
och sluta mina ögon
och öppna buren
och låta min fågel flyga
i verkligheten.
Kristina Lugn 2003.

Hon smeker med handen över papperet. Tårarna rinner. Varför just hon?

*

När han så småningom kommer in till sig och har stängt dörren, börjar han nynna:
»*När trollmor har lagt sina elva små troll och bundit fast dem i svansen. Då sjunger hon sakta för elva små trollen de vackraste ord hon känner. Ho aj aj aj aj buff. Ho aj, aj, aj ,aj buff*«.
Visan gör honom lugn, på samma sätt som den gör honom upprymd. Den får honom också att känna sig som när han var barn och allt var så enkelt. Dagarna var som en enda lek. Platserna i skogen där han kunde göra precis som han ville. Han byggde kojor lyssnade på sina fåglar som han lärde sig att prata med. För fågelljud, det kan han. Klockan på väggen slår fem. Då är det mat. Varje dag är den andra lik. Han gör en snurr på hälarna så han nästan ramlar baklänges. Och blir tvungen att ta emot sig i bokhyllan. Han ler och nynnar återigen:»*Ho aj, aj, aj, aj buff*«.

*

Det är mörkt i rummet nu. Ava rör lite på huvudet och förstår att hon sovit. Hon reser sig sakta upp. Sträcker sig och försöker se ut genom fönstret om det är mörkt ute. Men hon når inte. Hon sätter sin ena fot på elementet och sätter ansiktet nära fönstergluggen. Det är kolsvart ute så det borde vara natt. Hur länge har jag varit här. Två, tre dygn? Tankarna snurrar och hon försöker komma på hur hon hamnat här och hur hon ska göra för att komma härifrån.

Varför vill någon göra så här mot mig? Hon söker med blicken som nu har vant sig vid mörkret. Det måste finnas någonting som hon kan använda för att fila sönder låset. Så kommer hon på. Handtaget på avföringshinken är av plåt. Om hon får loss det kanske det funkar. Hon går fram till hinken och stålsätter sig för att klara av den vedervärdiga stanken. Men fingrarna känner hon att det finns en liten öppning i fästet på sidorna. Med all kraft bänder hon så mycket hon orkar. Inget händer. Hon vilar i några minuter och fortsätter sedan att dra. Handtaget lossnar till slut. Hon ställer sig på det för att försöka få det rakt. Men med en uppgiven min ger hon upp. Fan också. Då ser hon en spricka i väggen. Hon för in ena änden av handtaget i sprickan och försöker räta ut det. Det händer inte så mycket. Hon provar igen och med tankens kraft och den styrka hon orkar uppbringa, har hon till slut klarat av att få det rakt.

Nu har hon natten på sig att försöka fila sönder låset. När hon filat ett tag tycker hon sig höra något utanför. Är det steg? Det kan vara ett djur också. Hon slutar fila och reser sig försiktigt upp för att försöka se ut genom fönstergluggen. När hon stått där ett tag dyker ett par ögon upp på utsidan. Hon faller bakåt och allt blir svart.

Hon vaknar till precis när hon drömmer att hon faller nedför ett stup. Efter att ha sett sig omkring inser hon att hon fortfarande är kvar. Hon reser sig sakta upp och kommer ihåg handtaget. För en stund glömmer hon bort att armarna värker och skyndar bort mot hänglåset.

13.

Leo låser upp lägenhetsdörren och hinner bara stänga efter sig innan han rasar ihop på bänken som står i hallen. Efter några minuter reser han sig upp, sparkar av sig kängorna och slänger anoraken på golvet. Han går in i vardagsrummet och sätter sig framför teven. TV4 nyheterna slår i gång och han ser Peter Ottmar intervjuas.

»Vi kan inte säga så mycket på grund av förundersökningssekretessen, men bekräftar att det är en flicka i äldre tonåren som hittats«, säger han.

»Är hon mördad?«, säger reportern.

»Inga kommentarer«, säger Peter.

Han skulle verkligen inte vilja ha Peters jobb. Ha de där murvlarna i hasorna hela dagarna. Tänk när de får reda på att två flickor hittats. Med ett knapptryck får han fram de inspelade programmen och sista avsnittet på Morden i Midsomer, hoppar i gång. »I´m Barnaby, detective chief inspector«, säger han högt till sig själv, och upprepar det flera gånger. Sedan pausar han, reser sig upp, och går ut till sovrummet och byter om till hemmakläder. Innan han fortsätter uppspelningen går han in i köket. Han tar ned sin största kopp och häller sedan i mjölk och åtta teskedar O´boy. Tar fram en skål och fyller den med yoghurt.

Precis när han satt sig ner igen, slagit på teven och ska ta första skeden yoghurt ringer hans mobiltelefon. Han tittar på skärmen och ser att det är Valeria.

» Leo Edvardsson, detective chief inspector«, säger han.

»Vad?? Valeria här«.

»Ser det«.

»Stör jag? Jag menar, kan du prata?«

»Lyssnar«.

»När jag kom hem snurrade alla tankar från idag. Kände mig helt rastlös och visste inte hur jag skulle komma till ro. Gick in till köket och tänkte på den här döda flickan som vi hittade i Hårte. Jag menar, du kollade ju upp alla efterlysningar i området den senaste veckan. Men då tänkte jag, hon kan ju ha försvunnit för två eller tre veckor sedan. Letade igenom registren i Hälsingland. Men så kom jag att tänka på, hon kan ju faktiskt bo i närliggande städer. Typ Sundsvall. Ringde upp jourhavande där och bad de söka i sina register. Bingo! För tre veckor sedan blev en tjej som heter Stina Jovanovic anmäld försvunnen från ett behandlingshem i Sundsvall«.

»Mhm«.

»Ja, men grejen är den att när jag kontaktade behandlingshemmet säger de att hon går i skolan i Hudiksvall. Hon valde den estetiska utbildningen på Bromangymnasiet på grund av bildläraren som tydligen har ett väldigt gott rykte om sig. Den här Stina, åker därför buss varje morgon från Sundsvall till Hudiksvall. Behandlingspedagogen skickade en bild till mig. Jag tänker om du vill hänga med mig till stationen och se efter om det är den här Stina vi hittade i Hårte? I morgon skickar de kroppen på obduktion, och jag måste veta nu. Morgan har barnen hos sig ikväll, och jag vill inte åka själv«.

»Hämtar du upp mig då?«

»Självklart. Åker nu«.

Leo äter upp sin yoghurt och sveper glaset med O´boy. Han byter om till jeans och en collegetröja. Det är minus fem grader ute, så han tar på sig en halsduk och drar på sig anoraken och springer ned för trapporna. Valeria står redan och väntar på honom.

»Vad bra att du är ledig ikväll. Ossian är redan på plats och väntar på oss«.

»Ledig och ledig. Jag hade planer. Men vad gör man inte för Miss Marple«.

Framme vid polisstationen parkerar de utanför ingången. Det är ändå ingen mer än dem där nu. I källaren har teknikerna sitt utrymme med två frysfack och en undersökningsbrits. De knackar på och inväntar svar. Dörren öppnas och Ossian hälsar dem välkomna. Han har tagit ut kroppen och lagt den på britsen. Valeria och Leo går fram. Nu när hon är helt naken ser dem att kroppen tillhör Stina

Jovanovic. Ingen tvekan. Valeria ser ett märke på hennes fotled. Det är som att något suttit där och gett henne tryckskador.

»Det är Stina«, säger hon. »Men vad är det som suttit runt hennes fotled?«

»Fotled? Då måste jag titta i protokollet. Hmm, det ser ut som att hon haft någon slags kedja. Vänta ska jag se efter bland hennes saker«.

Ossian går i väg och blir borta en stund. När han kommer tillbaka håller han upp en liten bevispåse: Det är en fotlänk med en berlock i. Valeria tar den i sin hand och inspekterar.

»Vad sjutton. Ser ni vad berlocken föreställer?«

Både Leo och Ossian tittar närmare på den och Leo säger: »Men, det är ju samma märke som hon har i ansiktet«.

»Precis. Vi måste ta reda på vad märket betyder. Kan vi ta med oss den här?«

»Nja, det är bevismaterial«, säger Ossian. »Men låt gå då. Jag ska skriva upp att det är ni som har den. Och en sak till«, säger han och försvinner i väg. Han tar fram ännu en bevispåse med ett kvitto. På baksidan av kvittot finns ett telefonnummer. »Det här hittade vi i en av hennes fickor. Vi ska skicka i väg det också på analys, för det finns fingeravtryck på det«.

Valeria skriver ned telefonnumret så de kan kolla upp det. Hon tackar och säger till Leo att de måste kontakta alla smyckesbutiker både i Sundsvall och Hudiksvall, för att höra om det är någon som känner igen smycket, och kan säga vad det är. Men klockan är nio på kvällen. Det få nog vänta med det tills i morgon.

»Förresten, hon hade spår av amfetamin i blodet också«, säger Ossian.

»Stickmärkena. Hon hade stickmärken på armen«, säger Valeria »Antingen har hon injicerat det själv. Eller är det någon annan som gjort det mot henne«.

När de är på väg ut från stationen kommer Anders ut från toaletterna. Han har en tandborste i handen och ser ut som att han blivit påkommen med händerna i chipspåsen.

»Vad gör du här?«, säger Valeria.

»Vadå, jag har varit på toaletten«.

Valeria tittar demonstrativt på klockan på väggen i korridoren. »Klockan är nio. På kvällen«.

»Än sen«, säger han.

»Vi pratar mer i morgon. Måste hem nu. Ska jag köra dig Leo?«

»Gärna. Tänkte på en grej. Man vet ju inte om Ava försvunnit frivilligt. Det kan faktiskt vara så«, säger Leo.

»Det skulle kunna vara så. Ja. Men det stämmer inte. Visst, hon är sorgsen och saknar sin pappa. Men hon verkar ändå inte vara typen som bara drar«.

»Kanske inte. I morgon ringer jag guldsmedsbutikerna. Ska även kolla runt med mina datanördvänner om de har något tips på var man kan söka angående märket«, säger han.

»Det blir bra. Ses i morgon«.

När Valeria kommer hem kör hon sin vanliga rutin. Ställer upp alla fönster på glänt. Sedan sätter hon på vattenkokaren och sätter sig ned och stirrar på sin lilla tavla med post it lappar. Julias mamma har kopplingar till Jättendal. Ava bor i Jättendal. Julia och Ava går i samma skola. Stina går i samma skola. Just det, måste kolla upp Stinas familj. Cigarettfimpar har hittats på båda platserna. Julias mamma röker samma märke. Den här pojken Gurra, vem är det? Det snurrar i huvudet och hon tittar på klockan. Tio i två. Vad är det de inte ser? Vattnet i vattenkokaren har hon glömt bort. Hon går in i badrummet och borstar tänderna. Precis när hon lägger huvudet på kudden blir hon klarvaken. Stod det inte g v undertecknat på något vykort eller grattiskort hemma hos Ava? Kan det vara Gurra? Hon tar fram mobilen och skriver in sina tankar i den. När hon ska lägga ifrån sig telefonen piper det till. Ett sms från Krafft. Men hon struntar i att svara nu. Stänger av ljud och vibration och går ut med telefonen till hallen. Hon ställer alarmet på halv sju och hoppas att hon kommer att höra signalen.

Valeria vaknar utan att mobilen larmat. Hon sträcker sig efter den men hittar den inte. Med täcket virat runt kroppen går hon i väg letar efter den. Köksklockan på väggen visar kvart över sex. Då är det därför mobilens alarm inte ringt. Telefonen ligger på byrån i hallen. Hon tar upp den och av gammal vana kollar hon Facebook och Instagram. Inget nytt. Tanken på att lägga sig i sängen igen finns, men hon kliver upp och klär på sig. Efter en snabb kopp kaffe och ett digestivekex, stänger hon fönstren, tar på sig skinnkläderna och går med rask takt mot garaget.

Vid åttatiden parkerar Valeria sin motorcykel i polisgaraget. Innan hon går i väg tittar hon på den med en blick som en kvinnas som ser sitt nyfödda barn för första gången. Hon träffar några kollegor som är på väg ut.

»Fan det är ju fortfarande vinter«, säger en av dem.

»Vadå? Syftar du på motorcykeln? Känner mig så fri när jag kör den. Slippa sitta instängd i en bil eller något annat fordon«

»Fattar. Men kör försiktigt, det är halt ute«.

»Det går bra. Men längtar verkligen till våren«, säger Valeria.

Hon hänger hjälmen på styret och tar trapporna upp till grova brott. Inne på avdelningen står Leo och Morgan och konverserar. Båda två har mörka ringar under ögonen ungefär som att de varit ute och festat. När Morgan får syn på henne går han med raska steg mot hennes håll.

»Bra att du kom. Ossian har fått svar på dna provet angående fimpen som hittades intill Stina. Det är samma person som rökt den, som den som hittades vid Julia«.

»Men då vet vi i alla fall att det är samma gärningsperson. Då gäller det att lista ut vem det är. Då det troligtvis är den personen som har Ava. Skönt i alla fall att det går framåt med en liten promille. Får jag fråga om ni har varit ute och slarvat i natt?«

»Slarvat? Menar du att jag är slarvigt klädd?«, säger Leo och ser ned på sina kläder.

»Med slarvat menar jag om ni har varit på fest hela natten. Det ser ut som att ingen av er fått så mycket sömn. Se er i spegeln. Det ser ut som att ni båda har sålt smöret och tappat pengarna. Snacka om hålögd«.

»Hålögd? Mina ögon sitter i alla fall som de ska. Och apropå smör. Jag äter inte smör«.

»Det var lite turbulent med barnen i natt. En med hög feber, den andra med magsjuka. Så det har sannerligen varit en hård natt«, säger Morgan.

»Ja och jag har varit vaken och sett klart på Midsomer. Blev liksom störd i går kväll. Och det blir väl inte mycket tid till det framöver. Därför ville jag se klart nu så man kan koncentrera sig på fallet. Har förresten kollat upp lite telefonnummer till olika smyckesbutiker och guldsmeder i närheten. Sätter mig och tar tag i det efter morgonmötet«, säger Leo.

»Vi samlas i konferensrummet. Hämta Anders också«, säger Valeria.

Hennes telefon ringer och hon har den i handen.

»Hej mamma. Är det du igen?«, svarar hon.

»Sí sí, ja du förstår det är så tyst och tomt här känner mig solo«.

»Men du. Jag är på jobbet. Ringer dig i kväll. Okej?«

»Gör det. För jag har så tråkigt«, säger mamman.

Hon går in och skriver på whiteboarden. När de andra har kommit in och satt sig berättar hon att hon tror att den här killen Gurra, kan vara samme kille som signaturen g v på Julias kort. Jag och Morgan åker hem till Anna efter lunch och ställer några frågor. Hon kanske vet mer om den här Gurra också.

»Anders du kan väl kontakta behandlingshemmet? Ställa några frågor om Stina och hennes eventuella familj. Leo har sina smyckesbutiker att kontakta. Innan vi åker ska jag gå in till Gunilla och rapportera detta, så kan hon meddela Krafft. Har alla att göra då?«, säger Valeria.

Alla gör nästan samtidigt tummen upp.

»Då jobbar vi«, säger hon.

Dörren till Gunillas kontor är stängd. Hon går fram och knackar försiktigt med fingertopparna. Ingen öppnar. Konstigt eftersom hon brukar ha den på glänt. »Det är jag, Valeria. Kan jag komma in?« Inget svar så hon öppnar dörren. I besöksstolen sitter en av aspiranterna och ser ut som att hon blivit påkommen med något. Valeria ger Gunilla en frågande blick varpå Gunilla säger: »Amanda skulle precis gå«.

»Hjälper du till med aspiranterna? Trodde inte de skulle vara på grova brott«, säger Valeria.

»Amanda hade några frågor. Vad har du på hjärtat då?«

»Morgan och jag kommer att åka hem till Anna. Hon som hittade Julias kropp. Vi måste ställa några frågor, då det framkommit att hon jobbat på Bromangymnasiet och haft kontakt med flickorna.

Vi har också fått veta att det pratats om en Gurra. Kanske Anna vet mera om det. Kan du rapportera detta till van der Krafft?«, säger hon.

»Självklart. Hör av er igen då när ni varit där«, säger Gunilla.

»Yes«, säger hon och tar fram ett par bilnycklar från nyckelskåpet.

Hon går sedan mot konferensrummet för att hinna prata lite enskilt med Anders innan de åker hem till Anna. När hon kommer in dit har hon tur för Anders är ensam, så hon stänger dörren och sätter sig ned bredvid honom.

»Vad är det här med att du sover på kontoret? Har det hänt något?«

»Nej vadå?«

»Jag ser att det är något annorlunda. Du är dig inte lik och du har haft samma kläder i tre dagar. Har du ens kammat håret? Se dig i spegeln«.

Tårarna rinner nedför hans kinder. Han berättar att Maj-Lis har varit otrogen. Hon hade varit med en väninna på dans och där träffat på denna man som hon förälskat sig i på ålderns höst.

»Det är klart. Hon är ju åtta år yngre än jag. Men vi hade så stora planerat att köpa lägenhet i Nerja nästa år när jag fyller sextiofem och går i pension. Nu vet jag inte hur jag ska göra«.

Den ständigt glada Anders, med några trivselkilon för mycket, ser ut att ha blivit tio år äldre på ett par dagar. Valeria vet inte riktigt hur hon ska bete sig men säger till slut: »Men du, förstår att det är jobbigt, men du kan i alla fall inte sova på kontoret. Du kan sova några nätter hos mig. Jag har ett gästrum. Eller inte gästrum, det är en liten alkov i vardagsrummet med en gästsäng. Men det borde väl duga? Sedan får ni se till att prata om det här. Okej?«

»Okej...eh...tack«.

Valeria ger honom en kram och säger: »Vad gör man inte för sin bästa kollega«.

14.

På väg hem till Anna blir Valerias blick dimmig och hon är vit i ansiktet. Andningen blir samtidigt kort och det ser ut som att hon inte får luft.

»Stanna bilen. Jag har en sådan fruktansvärd migrän och kan inte andas«, säger hon.

»Lugn, lugn, jag kan inte stanna här. Det är en parkeringsficka några meter bort. Vad fan är det som händer?«, säger Morgan.

Precis när han stannar kastar hon upp dörren och ramlar ut i diket. Maginnehållet kommer upp och hon känner hur hon nästan svimmar. Hon gråter och hyperventilerar. Morgan kliver ur bilen och går fram till henne. Han sätter sig i dikeskanten och sträcker fram sin hand och drar upp henne.

»Hur är det egentligen? Är du sjuk? Jag hänger inte med här. Du måste förklara dig nu«.

Hon reser sig upp och borstar av sina kläder. Längre bort finns ett nedfallet träd. Hon går dit bort och sätter sig.

»Kom hit och sätt dig. Jag behöver sitta, och få luft«.

Morgan går fram till trädet och sätter sig. Han säger inget utan det får ta den tid det tar. Han måste vara lugn och försöka lyssna. Efter några minuter börjar hon att prata.

»Du vet väl vad som hände min bror? Vi har aldrig pratat om det. Men de flesta i huset vet väl?«, säger hon.

»Olyckan? Du menar den med motorcykeln? Jo jag känner till det«.

»Tankarna från när jag satt fast mellan bilen och trädet med min bror liggande död några meter bort kommer tillbaka. Ibland, särskilt när jag känner mig instängd, eller fast på något sätt, kommer det över mig. När jag inte har kontroll. Det kan komma närsomhelst. När jag åker hiss eller vad som helst och jag inte kan bestämma«.

»Förstår, men du måste göra något åt det. Du kan inte jobba som polis när du är så«, säger Morgan.

»Har gått hos psykolog i tre år. Mitt polisarbete blir inte sämre av det här. Äsch, jag vill inte prata mer om det«.

»Som du vill. Men det blir inte värre av att diskutera det«, säger han.

»Nu åker vi till Anna. Det är fem kilometer kvar«.

Morgan hoppar in i förarsätet och Valeria sätter sig lite motvilligt på passagerarsidan. Hon sluter ögonen och försöker att tänka på något annat. Väl framme i Saltvik på den adress de fått, kommer en liten ettrig hund emot dem. Den är av det mindre slaget. Ser ut att vara en jack russel.

»Morgan, du måste gå ur bilen först, för att se hur den beter sig«.

När han kommer fram hoppar den mot honom, viftar på svansen och skäller. Men den ser glad ut, så Valeria kliver ur. Det finns ingen människa i närheten. De går förbi en hage med några hästar. Hunden springer före som att den visar vägen. En bit bort ligger ett hus som skulle kunna vara bostadshuset. Så får de syn på Anna som kommer ut på trappan och sätter på sig jacka och stövlar.

»Så Rune har visat er var jag bor?«, säger hon.

»Rune?«, säger Valeria.

Hon pekar på hunden och skrattar. »Han är för jämnan välkomstkommitté. Han hör direkt när det kommer in en bil på gården«.

»Okej, då förstår jag. Kan vi gå in och sätta oss? Det är inte varmt direkt«.

»Ska ge hästarna mat, sen kan vi gå in i stallet och sätta oss i fikarummet«.

Morgan går i väg en bit bort och får syn på en gammal fyrhjuling på baksidan av stallet. Han går en sväng runt den. Några meter längre ner står en vagn man koppla till den.

»Den är perfekt när man ska köra hö eller stängsla hage«, säger Anna och ler.

»Kan tänka mig det«.

Han kom att tänka på skruven Valeria hittade i däcket. Det var någon form av mindre mutter som kunde ha suttit på en liknande vagn. Han böjer sig ned för att titta efter om någon skruv saknas. Men allt ser bra ut och han kommer på sig själv att ruska på huvudet och tänka, hur dum får man vara? Det är flera mil mellan Jättendal och Saltvik. Varför skulle det just vara samma fyrhjuling?

Anna kommer tillbaka och de går in till stallet och sätter sig i fikarummet. Det är ett litet rum men allt man behöver finns. På väggen hänger tygrosetter. Sådana man kan vinna vid hästtävlingar. Där finns också några foton, samt en liten hylla med kaffekoppar. Anna går fram till hyllan och tar fram tre koppar och sätter på vattenkokaren.

»Jag har snabbkaffe och några tepåsar«

Hon ställer även fram en burk pepparkakor.

»Varsågod. Det här är vad jag har att erbjuda«.

»Tack. Vi är som du vet här för att ställa några frågor. Vi vet att det var du som hittade Julia och ringde oss. Det vi inte riktigt får ihop, är att det har inkommit uppgifter att du kände Julia. Varför berättade du inte det?«, säger Valeria.

Hon sätter armarna i kors framför sig. Blicken flackar och hon ser nervöst på dem. Hon tittar sedan ut genom fönstret som att hon inte hör vad de säger.

Morgan tittar stint på henne och säger »Hörde du vad min kollega frågade?«

»Jo men. Det var snö på henne. Tittade inte så noga«.

»Det är förståeligt. Men sedan när Ava försvann, då visste du även att det var Julia som hittades död. Varför berättade du inte då att du känner, kände, båda flickorna?«, säger Valeria.

»Trodde inte att det var viktigt«.

»Hur väl känner du dem?«.

»Vadå? Känner och känner. Hade först praktik som elevassistent en månad och jobbade efter det på vikariat en månad i deras gymnasieskola. Visst pratade vi. Men inte mer än så«.

»Då kan du kan inte berätta något om dem?«

»Nej, vad skulle det vara?«

»Ingen aning. Vad gjorde du natten till den sextonde november?«

»Låg hemma och sov. Skulle jobba dagen efter«.

»Finns det någon som kan intyga det?«

»Nej. Det skulle väl vara Rune i så fall. Jag bor här ensam med min hund. Måste man ha någon sambo eller man för att kunna bevisa var man är hela tiden. Det är verkligen att diskriminera«.

»Nej det behöver man såklart inte. Men det skulle ha varit bra om du haft det«.

Annas ansiktsfärg är lika röd som en tomat och hon är verkar ha fått någon kroppslig reaktion på deras besök. Hennes skjorta är uppknäppt i halsen och huden är flammig i rött och vitt. Hon verkar märkbart nojig över deras besök.

»Känner du någon som kallar sig Gurra?«, säger Morgan.

»Skulle jag göra det? Är det också något lik ni hittat i skogen?«

»Det var en enkel fråga. Du vet ingen lärare eller elev som kallar sig det?«

»Nej. Om jag känt någon sådan hade jag väl berättat det. När du frågade«.

Morgan håller upp båda händerna med öppna handflator framför sig, som för att få henne att lugna sig lite.

»Vi har en fråga till. Röker du?«

»Röker? Nej det gör jag verkligen inte. Och vad har det med det här att göra?«

»Det kan inte vi svara på. Det är bara du själv som vet det i så fall. Men då ska vi ta och dra hemåt. Ha det så bra så länge och tack för titten«.

Anna reser sig upp med en sådan kraft att stolen kastas bakåt och flyger in i köksbordet. Av hennes ansiktsuttryck att döma kan man nästan tro att hon åkt längdskidor i fem mil och haft ledningen men när det är några meter kvar, blir ned spurtad av en Norska.

Morgan och Valeria reser sig förvånande och tar sig ut från stallet. På gårdsplanen ser de inte skymten av vare sig Anna eller Rune.

»Det var en öm punkt«, säger Morgan.

De går mot bilen och Morgan kastar nycklarna till Valeria.

»Du kan köra om du vill. Jag förstår nu att det känns bättre för dig«.

15.

Ingen av de smyckesbutiker Leo ringt kände till något smycke med den beskrivningen. Han hade till och med ringt butikerna i Ljusdal och Söderhamn. Smycket kan naturligtvis komma vart som helst ifrån. Till och med från ett annat land. Han går ut i korridoren för att ta en paus och andas. Morgan står vid toaletterna. Det verkar som att han väntar på någon eftersom han lutar sig mot väggen och inte står i kö. Efter några minuter kommer Valeria ut från Gunillas rum, som ligger vägg i vägg med toaletterna. Hon börjar nästan direkt prata med Morgan om något som verkar viktigt.

»Är ni tillbaka?«, ropar Leo.

»Det ser ut så ja«, säger Morgan. »Vi kan väl ses i konferensrummet. Hämta Anders också«.

När alla är på plats berättar Valeria om besöket hos Anna.

»Det känns som att hon vet något. Svårt att sätta fingret på vad. Men hon känner både Julia och Ava. När vi ställde frågan om hon kände till någon Gurra, blev hon nästan aggressiv«.

»Ni vet väl vad Agatha Christie sa?«, säger Leo. »De mest oskyldiga kommer att tappa huvudet och göra de mest förvirrade saker när de plötsligt står inför möjligheten att anhållas för mord«.

»Nu är det inte aktuellt att anhålla henne för mord. Något undanhåller hon, men hon har inte mördat någon. Men tack för dina liknelser Leo. Vi måste tänka nu. Vad är det vi inte ser? Vi har två döda flickor. En försvunnen. De har ålder, skola och att de kände varandra gemensamt. De två döda har ett tecken målat i ansiktet, och Stina har även en fot länk med samma märke. Ava bor i Jättendal, där Julia och Stina hittades. Julia bor i Hudiksvall, men hennes mamma kommer från Jättendal. Vi måste ta reda på mer om Stina. Om hon har fler kopplingar till Jättendal. Det enda vi vet är hennes ålder och att hon gick i samma skola som Julia och Ava«.

»Jag ringde till behandlingshemmet tidigare«, säger Anders. »Föreståndaren var tyvärr inte på plats idag. Men de sa att det bästa är om vi bokar en tid och åker upp till Sundsvall för att träffa honom personligen. De lämnar ändå inte ut uppgifter per telefon. Det skulle gå bra att komma i morgon klockan ett. Tänkte att jag tar med Leo«.

»Det låter bra. Leo, har du förresten pratat med dina datanördvänner om de vet var man kan söka angående tecknet?«

»Mmm, men de skulle återkoppla«.

»Bra. Morgan och jag får sätta oss ned och försöka kolla runt på egen hand. Tror att om vi vet vad det betyder, skulle det lossna lite i utredningen. Ava är fortfarande inte hittad. Nu har det gått några dagar. Hon kan i och för sig ha stuckit på egen hand. Men det verkar inte vara likt henne«.

»Tänkte på en sak. Avas mamma kanske känner till kortet vi hittade i hennes rum, som var undertecknat med g v. Jag ringer henne direkt«, säger Morgan.

Han går i väg och sätter sig framför datorn för att söka rätt på mammans telefonnummer. Han skriver ned numret, men innan han ringer bestämmer han sig för att forska lite mera om tecknet i ansiktet. I Googles sökfält skriver han »Tecken med pil«. Ingenting av värde dyker egentligen upp. På Wikipedia kan man läsa att pil är en grafisk symbol som är spetsig i ena änden, som ofta påminner om en stilisering av projektilen pil som avfyras med en pilbåge, och som oftast används för att visa riktning eller markera var något befinner sig. Kan tecknet i ansiktet ha att göra med att mördaren vill få fram var han befinner sig? Nej, det verkar konstigt. Varför skulle han vilja det? Efter att ha suttit i tankarnas värld några minuter slår han in numret till Avas mamma.

Hon svarar redan efter första signalen. Han presenterar sig och innan han förklarat sitt ärende säger hon: »Har ni hittat henne?«

»Tyvärr, inte ännu. Men vi skulle behöva din hjälp«.

»Jaså? Vad kan jag göra?«

»Jo det är nämligen så att när vi gick igenom Avas rum så hittade vi några kort och teckningar som vi tog med oss. Det kommer du väl ihåg?«

»Jamen det är klart. Kom till saken«.

»På ett av gratulationskorten är det undertecknat av en g v. Vet du vem det är?«

»G v?« Det blir tyst i luren ett tag.

»Är du kvar?«, säger han.

»Nej, jag känner inte till någon med de initialerna«.

»Okej. Men om du kommer på vem det kan vara, är det bra om du kontaktar oss direkt«.

»Självklart. Ni hör av er direkt om ni hittar henne. Eller hur?«

»Yes, vi ringer dig igen om vi har fler frågor. Ha det bra så länge«.

Morgan kan inte släppa pilen. Han tar fram bilden han har av tecknet. Det är även ett rakt streck och en båge. Kan det ha att göra med pilbåge? Men vad betyder det raka strecket? Han vaknar upp ur sina tankar av att Valeria kommer in till honom.

»Hur går det? Svarade hon?«

»Går med vad?«

»Mamman så klart. Är du lika förvirrad som Leo?«

»Aha, just det, mamman. Jo hon svarade och hon känner inte till någon med de initialerna«.

»Fan också. I alla fall har Leos datavänner återkopplat till honom. De har ingen aning om vad tecknet betyder. De vet inte heller av någon bra söksida för ändamålet. Men Leo sitter i detta nu på darknet och lägger ut frågan om det finns någon som känner till det. Vi kan inte göra så mycket mer än att vänta. Vad tror du, ska vi kolla med Transportstyrelsen om vi kan få uppgifter på alla registrerade fyrhjulingar i Jättendal? Det finns säkerligen en hel uppsjö av dem. Och det finns nog en del som inte är registrerade också. Men vi måste göra något för att få någon slags öppning«.

»Vi gör så. Det är så frustrerande att inte komma någonstans. Ska gå och ta en kopp kaffe. Är strax tillbaka«.

Valeria går in till sig och ringer upp Transportstyrelsen. Det är verkligen inte det lättaste att komma fram till dem. Efter att ha suttit i telefonkö tjugo minuter svarar dem. Hon ber att få mejlat till sig alla registrerade terrängfordon och fyrhjulingar med ägare som bor i Jättendal.

Morgan kommer in till henne. Precis när han sätter sig kommer mejlet. Hon trycker på skriv ut och går i väg till skrivaren. På vägen dit hör hon någon ropa hennes namn. Hon tittar upp, och får syn på Mikko. Ansiktsfärgen blossar direkt upp till någon blandning mellan rosa och rött. Hon höjer ena handen och vinkar till honom.

När skrivaren spottat ut sig alla papper går hon tillbaka till sitt rum och tar plats bredvid Morgan.

»Fem sidor är det. Inte så farligt som jag trodde. Jag börjar på första sidan, så kan du ta sista«.

När de suttit ett tag och lusläst i listorna har de hittat tre med initialerna G V. Gunnar Vretov, Goran Velovic, Gustaf Vallenström.

»Brukar man inte kallas Gurra om man heter Gustaf?«, säger Morgan.

»Man kan göra det. Men man kan nog kallas det om man heter Gunnar också. Vi ringer de här tre och kollar om vi kan få komma på besök«.

Alla tre svarade och de bestämde att besöka dem nästa dag.

»Har du lunch med dig Morgan?«

»Lunch? Har väl aldrig haft en lunchlåda med mig sedan jag började här. Och det är ju några år sedan nu«.

»Klockan är halv ett. Hänger du med till Subway?«

»Det kan du lita på«.

Tillbaka på stationen vet de inte riktigt i vilken ände de ska börja. Det finns så många lösa trådar. De sitter vid Valerias dator och scrollar och söker på måfå efter något som kan likna tecknet, men ger snart upp. Det finns inte så många fler ställen att söka på nu. Det knackar på dörren och Gunilla tittar in.

»Vad bra att ni är här. Vi har fått svar på analysen av skruven du skickade in. Det är så klart svårt att säga exakt, eftersom samma skruv kan användas till så mycket. Men efter att ha inspekterat den noga syntes två siffror på den. Den används ofta av tillverkare till märket Thule. De tillverkar inga fyrhjulingar, men däremot vagnar och tippkärror. Så det jag vill säga är att ni borde kolla upp vagnar av det märket. Och en sak till. Det finns fingeravtryck på skruven. De är samma fingeravtryck som återfanns på cigarettfimparna«.

»JAAA«, skriker Morgan. »Nu lossnar det«.

»Men vi vet fortfarande inte vem fingeravtrycken tillhör«, säger Valeria. »Vi ska träffa några med initialerna G V, som också är registrerade ägare till en fyrhjuling, i morgon i alla fall. Då vet vi vad vi ska kolla efter.«

16.

När Valeria kommer hem till sin lägenhet efter ännu en lång dag, med förhoppningsvis en liten öppning på fallet, luktar det mat. Hur kan det vara möjligt? Mikko har inga nycklar hit. Så kommer hon på att hon har lovat Anders att sova i gästsängen några nätter. Det måste vara han som lagar mat. När hon sparkat av sig kängorna tittar hon in i köket. Där står en glad Anders och lagar köttfärssås.

»Tänkte att jag vill gottgöra dig eftersom jag får sova här. Så jag åkte hem lite tidigare så att jag kunde överraska dig«.

»Vad glad jag blir, är vrålhungrig. Det är inte varje dag jag får hemlagad mat«.

»Nej, förstod det eftersom det låg tomma pizzakartoner slängda lite här och var«.

Hon tittar på honom med en blick som får honom att säga: »Men det är inget att skämmas för. Ibland hinner man helt enkelt inte laga mat«.

Innan hon sätter sig till bords går hon sin vanliga runda och ställer upp alla fönster på glänt. När hon åter kommer in till köket har Anders dukat och ställt fram maten på bordet. Detta är något hon skulle kunna vänja sig vid.

»Det här ska bli riktigt gott. Men, vi måste prata också«, säger hon.

Han säger inget på en bra stund. Men så säger han: »Jag är verkligen tacksam för det här. Lovar att prata med Maj-Lis så vi kommer fram till en lösning. Just nu orkar jag inte. Vi måste fokusera på att hitta Ava och vem som gjort det här mot de andra flickorna«.

»Du har rätt. Men vill ändå säga att det är viktigt att ni reder ut det här. Tills vidare går det jättebra att vi är sambos«.

Hon gäspar stort. Klockan visar halv sju. De hjälps åt att plocka undan sedan säger hon till Anders att hon måste lägga sig och vila en stund eftersom det har varit en lång dag.

»Det är okej. Jag tänker titta på nyheterna på teve om det går bra?«

»Gör det du. Vi ses i morgon«.

»I morgon?«

»Mmm. Risken är att jag somnar när jag lägger mig och vilar. Min kropp är inte så trött. Men hjärnan«.

När hon kommer in till sovrummet börjar hon med att ringa sin mamma som hon lovat.

»Hola«, svarar mamman.

»Hej, det är jag«, säger Valeria.

»Ahh mi corazón. Ringer du nu?«.

»Ja, jag sa väl att jag skulle ringa i kväll. Eller?«

»Jomen det var så sant. Jag har så långsamt om dagarna. Det blev så tomt när papá Kenneth dog och jag blev solo«, säger hon.

»Men, han har varit död i lite mer än tre år nu«, säger Valeria.

»Det är sant. Men det blir bara más problematico för varje dag. Jag tänker att jag ska boka en resa till Spanien och träffa några gamla barndomsvänner som jag gick i skolan med. Sen finns min gamla faster kvar i livet också. Måste ha något annat att tänka på«.

»Det låter som en toppenidé mamma. Unna dig nu när du har tid«, säger Valeria.

»Sí sí. Vi hörs mi corazón. Ta hand om dig«, säger hon och samtalet bryts.

Valeria slänger sin mobil på sängen. Tar av sina jeans och sätter på sig ett par skönare byxor. En liten post it lapp ramlar ur fickan på jeansen och åker in under sängen. Hon får tag på en linjal på skrivbordet, lägger sig ned och försöker peta fram lappen. När hon får tag på den ser hon ett telefonnummer. Just det, vi har inte kollat upp numret som låg i Stinas byxficka. Det är ju det jag skrivit ned. Tröttheten försvinner och hon går fram till skrivbordet för att starta datorn. Hon skriver in hitta.se i sökfältet och knappar sedan in telefonnumret. Datorn tänker en sekund sedan kommer det fram ett namn. Albin Broqvist, Hudiksvall. Hon tar fram sin mobiltelefon och trycker in numret. Signalerna går fram, men efter cirka tio signaler slår telefonsvararen på. Hon svär för sig själv och går ut till köket igen. Anders är precis klar och på väg till soffan och teven.

»Vad nu? Skulle inte du vila?«, säger han.

»Jag blev visst pigg igen. Hittade en liten lapp i mina byxor. Jag skrev upp ett nummer som fanns i Stinas byxficka. Ossian har skickat i väg originallappen på analys, men jag skrev ned numret. Glömde bort det. Numret går till en Albin Broqvist i Hudiksvall. Ringde, men inget svar tyvärr«.

»Men du har väl adressen till den här Albin också?«

»Ja, vi får ta en tur dit i morgon«.

»Då hoppas vi det leder till något då. Det är det jag sagt, det finns så många lösa trådar att det här kommer vi snart binda samman, så vi får tag på honom«.

Anders är en klippa. Han är lugn, stabil, och har svar på det mesta. Valeria beundrar honom och önskade att han var hennes pappa.

»Det får vi hoppas. Tack igen för maten. Nu är det dags för mig att vila hjärnan lite. Kliver upp tidigt i morgon och tar en springtur före jobbet. Jag tänker bättre då«.

»Bra det. God natt«.

Morgonen efter ringer alarmet på telefonen klockan halv sex. Hon sätter sig upp och kliver ur sängen på en gång. Det är det bästa. Kommer man upp brukar det gå bra, och så raka vägen till badrummet. Tio minuter senare står hon utanför sitt hus. Hon letar rätt på appen runkeeper på telefonen och klickar på starta. Valeria är en tävlingsmänniska, och tävlar mot sig själv hela tiden. Lite kyligare väder idag, men om hon håller flåset uppe går det nog bra. Adressen till Albin är inte mer än tio minuters springtur från platsen hon befinner sig på. Utan att tänka springer hon åt det hållet. Vad hon ska få ut av det vet hon inte. Mer än att kolla läget lite. När hon kommer fram till hans hus är det helt mörkt, vilket det är i de flesta hus runt om också. Hon tittar på klockan, som visar en minut över sju. Inte så konstigt ändå att nästan allt är mörkt. Men ändå, det är vardag. Hon stannar till en kort stund och försöker lokalisera hans fönster, för att eventuellt få syn på honom. Det verkar ändå lite dumt, eftersom hon inte har en aning om hur han ser ut. Hon springer igen, och när rösten på telefonen talar om att hon sprungit sju kilometer, vänder hon hemåt. När hon kommer fram till sitt hus, kör hon sitt vanliga stretchprogram, innan hon tar trapporna upp i en väldig fart. När hon låst upp dörren ropar hon hallå. Inget svar. Okej då har Anders redan stuckit. Hon känner på kaffebryggaren som fortfarande är varm, och sätter sig i köket med en kopp.

Hennes telefon ringer. Hon tittar på displayen som visar att det är Morgan.

»God morgon. Ska jag hämta upp dig så sticker vi och snackar med g v boysen direkt«, säger han.

»Fast, ska vi inte vänta tills efter lunch?«, säger Valeria.

»Varför då? Det är vardag. Är folk inte vakna klockan åtta på en vardag, då är det säkerligen något stort fel på dem«, säger han.

»Okej, du bestämmer, jag kör. Hämta upp mig om en halvtimme«.

»Taget«.

Exakt en halvtimme senare står Morgan och väntar utanför hennes hus. Han kliver ut ur bilen och sätter sig på passagerarsätet. »Allt för dig, Miss Marple, som Leo brukar säga«.

»Han med sina liknelser och engelska deckare. Ja då tar vi en tur till metropolen Jättendal igen. Känner mig som hemma där«, säger Valeria.

När de kommit fram funderar de ett tag på var Goran Velovic adress ligger. Men kommer på att det är lägenhetshuset bakom brandstationen. Tre minuter senare parkerar de på besöksparkeringen och går fram till hans lägenhet som ligger en trappa upp. Morgan knackar på och efter ett par minuter öppnar en ung man i trettioårsåldern. Han verkar inte ha varit vaken så länge, men när de presenterar sig och visar upp polisbrickorna säger han direkt: »Vi går ut till garaget och tar en titt på hjulingen då«.

Han låser upp garaget och där finns det ett gäng bilar och motorcyklar. Valeria som älskar motorcyklar dras till motorcykelhörnan. Men hon är inte där för det. De måste undersöka Gorans fyrhjuling och för att få veta om han är g v.

»Här är den. Pärlan«, säger han.

De märker redan direkt att det inte kan vara den, eftersom den saknar drag.

»Den saknar drag«, säger Morgan.

»Jo du, det här är en sportigare variant, som jag köpte för att köra race med i skogen«.

»Okej. Men tack för att vi fick störa dig«, säger Valeria och fortsätter »Vi söker nog en lite äldre bruks fyrhjuling man kan koppla en vagn efter«.

»Aha, jag det kan man inte göra med denna«.

»Tack för att du tog dig tid i alla fall. Vi letar vidare. Men vi undrar också vart du var natten till den sextonde november?«

Han tittar i sin telefon och förklarar att han har sin kalender i den.

»Det var förra veckan. Den natten jobbade jag. Ni kan kolla med Holmen i Strömsbruk. Jag kör truck där«. »Hörrni«, fortsätter han. »Ni vet väl att inte alla fyrhjulingar är registrerade? Det kan vara någon som har en gammal och endast kör med på gården också. Gott om gårdar häromkring. Lycka till i alla fall«.

De går mot bilen under tystnad. Framme vid bilen säger Valeria: »Tänk om vi kunde ha lite flyt någon gång. Så många ledtrådar, men vi kommer inte närmare mördaren känns det som«.

»Nja, det känns lite tungrott. Men samtidigt har det inte ens gått en vecka ännu. Visst det är lång tid för någon som är försvunnen. Men nu åker vi till de andra herrarna«.

Gustav Vallenström är nummer två på listan och han bor bortanför kyrkan. Den ligger cirka fem minuter från Gorans adress. När de är nästan framme ringer Valerias telefon. Hon har kopplat upp den mot bilens Bluetooth. Hon känner inte igen numret så hon svarar formellt »Valeria Ek, polisen Hudiksvall«.

»Öhh, hej. Jag hade ett missat samtal från det här numret. Men då har ni säkert ringt fel. För jag har inget att göra med polisen«.

»Okej, men vad heter du?«

»Liam…..Larsson«.

»Jag känner faktiskt inte igen ditt namn. Du har nog rätt, del verkar vara en felringning. Men tack för att du ringde upp«.

Valeria trycker bort samtalet och funderar ett tag innan de till slut är framme hos Gustaf. Innan de kliver ur bilen säger hon: »Numret som ringde. Nu känner jag igen det. Det var det vi hittade i Stinas ficka. Men det numret gick till en Albin. Kan han ha hittat på ett namn när han hörde att jag svarade Hudiksvallspolisen. Men om det var Albin, borde han väl lagt på?«

»Vi får ta tag i det efter att vi besökt G V och G V«, säger Morgan.

»Vad i helvete«, skriker Valeria. »Jag ger mig fan på att det var det här numret Leo hittade i Julias och Avas mobiler också«, säger hon.

»Men var inte det oregistrerat«, säger Morgan.

»Jo, det var det ju. Fan«.

När de kommer upp till huset knackar de på dörren och väntar. Ingen öppnar så Morgan går ned för trappan och går runt huset för att eventuellt få syn på någon. Efter en stund kommer även Valeria. Hon stannar till precis nedanför entrén och ser sig om. Det verkar vara ett garage eller förråd en bit bort.

»Där verkar det vara något«, säger hon.

Morgan är redan på väg dit. Framme vid byggnaden hörs röster, och musik spelas. Porten står uppställd så han tittar in och ropar hallå. Musiken stängs av och ut kommer en man i femtioårsåldern. Han bär en rutig skjorta som är fläckig av olja samt ett par skitiga jeans.

»Ja«, säger mannen.

De håller upp sina polisbrickor och Morgan presenterar dem.

»Hej. Morgan Haglund och det här är min kollega Valeria Ek. Vi kommer från Hudiksvallspolisen och söker Gustav Vallenström«.

»Japp det är jag«.

Valeria sträcker fram sin hand mot honom och säger: »Vad bra att vi fick tag på dig. Det var mig du pratade med i telefonen igår. Angående din fyrhjuling«.

»Ja ja ja ja ja. Ah men kom med in. Den står här. Jag och några vänner håller på att skruva lite på min 59a. Därför jag ser ut som jag gör«.

När de kommer in i garaget ser de två till gubbar. Alla lika fläckiga av olja. Det står en Chevrolet Impala och en gammal Volvo därinne. Men också en äldre fyrhjuling. Med drag. Valeria och Morgan får ögonkontakt och båda ler.

»Vad använder du den här till?«

»Nej det är mest när man ska hämta grejer och så. Den är jävligt stark. Man kan sätta på ett plogblad också på vintern. För att skotta snö. Men det bästa med den är att det går att koppla på en vagn. Perfekt på hösten när man krattar löv. Då lastar man löven på vagnen, och i väg till tippen«.

Morgan går fram till vagnen som står någon meter bort. Han konstaterar att den är av märket Thule. Den har några år på nacken. Han sätter sig på huk och tittar in under den. Alla skruvar verkar dock vara på plats. Han tar fram sin tumstock av minimodell för att mäta hjulen. Sedan går han bort till fyrhjulingen och mäter även den. I sin innerficka på jackan har han jämt ett litet block och en penna. Så han skriver ned måtten.

»Men vad rör det här sig om egentligen?«, säger Gustav.

Valeria harklar sig och säger: »Vi kan tyvärr inte gå in på det. Mer än att vi kollar upp några fyrhjulingar i området«.

»Har det med de döda flickorna att göra?«

»Det kan vi inte uttala oss om i nuläget. Vi undrar också vart du var natten till den sextonde november?«

Han tittar på sina kompisar och alla tre utbrister att de som vanligt var i garaget hela natten och skruvade.

»Ok, Men vi får tacka för att vi fick störa dig en liten stund. Vi kanske hör av oss«.

»Ring när ni vill. Du kan ringa i sommar också«, säger han med ett leende och fortsätter, »ja om du vill ta en sväng i 59an«.

De tackar för besöket än en gång och går mot bilen. Den tredje och sista killen de ska besöka bor på vägen tillbaka till Hudiksvall. Det är ingen gatuadress så för att vara på den säkra sidan knappar de in adressen i GPS:en.

»Vad tror du? Får du någon känsla?«, säger Valeria.

»Nja, det är osäkert. Men jag skrev i alla fall ned måtten på däcken. Tog en bild på hjulmönstret också. Så får vi jämföra med Ossians bilder«.

»Ja, vi kan inte göra så mycket mer i nuläget. Eftersom vi inte misstänker de här killarna ännu kan vi inte ta in dem«.

När de enligt gps:en är framme blir de osäkra eftersom det inte finns något hus exakt där det borde finnas. Det finns ett hus ett tiotal meter bort, men inga siffror sitter på det. De får helt enkelt gå dit och höra efter. Precis när de ska kliva ur kommer en man i femtioårsåldern och går med en hund. Han kommer fram till dem och frågar om de letar efter något. Valeria säger att de söker Gunnar Vretov. Då sträcker mannen ut handen mot henne och presenterar sig som Gunnar Vretov. Han skrattar och säger att det är vanligt att man inte hittar till honom eftersom koordinaterna från gps:en visar några meter fel. Är det här mannen de letar efter?

»Aha. Okej. Men vi kommer från Hudiksvallspolisen och jag pratade med dig i går angående din fyrhjuling«.

»Det stämmer. Häng med«.

»Är det inte lite ensamt att bo här ute? Det finns inga grannar, vad jag kan se«, säger Morgan.

»Älskar det. Vi köpte det här huset för tio år sedan, jag och min fru. Hon gick tyvärr bort på tok för tidigt för tre år sedan. Bröstcancer. Vi fick inga barn. Men jag har hunden, och det är ungefär samma sak«.

»På så vis. Beklagar. Men skönt att du i alla fall har hunden, som sagt«.

De går bort till någonting som ser ut som en vedbod. På sidan av den är det ett skärmtak. Ungefär som en mindre carport. Där står fyrhjulingen under en presenning. Den ser inte ut att vara använd på ett tag.

»När körde du den här senast?«, säger Valeria.

»Ja du, jag har inte kört den i vinter. Använder den mest på sommaren när jag åker ut mot havet för att fiska«.

»Har du någon vagn till?«

»Ja det har jag. Brukar lasta mina fiskegrejer på den, samt hunden förstås, säger han och skrattar. Men varför undrar ni allt det här? Jo jag har hört att de har hittats två döda flickor. Fruktansvärt på ett sådant här litet ställe. Men har det något med det att göra?«

»Som du förstår kan vi inte gå in på det. Men vi tittar gärna på vagnen också«.

»Den står här borta«.

Han pekar bakom vedboden och går i väg före. När de kommer dit ser de en rätt ny vagn. Men Morgan kollar efter ändå om det saknas någon skruv på den, medan Valeria fortsätter samtala med mannen. Han mäter även här hjulen samt tar en bild på däckmönstret.

»Ja men då var vi klara då. Vad gjorde du förresten natten mot det sextonde november?«, säger Morgan.

»Det var i onsdags natt det. Jag låg här hemma och sov. Går oftast till sängs vid tio«.

»Och det är din hund som kan intyga det eller?«

»Ja så är det. Tyvärr. Men jag har kamera vid entrén. Ni kan få kolla på filmen så ser ni att ingen har gått ut eller in här«.

»Vi återkommer om vi behöver det. Tack för besöket«.

De går bort mot bilen ännu en gång utan att ha någon misstänkt.

»Fan att vi kammade noll nu också«, säger Morgan irriterat.

»Ja det är verkligen frustrerande«.

Valeria sätter sig bakom ratten. När Morgan också har hoppat in, startar hon och kör i väg. Precis när hon ska backa ut från Gunnars uppfart ringer Morgans telefon. Han ser att det är Gunilla och trycker på svaraknappen.

»Ja det var Morgan här«.

»Hej. Hur går det för er?«

»Nja, vi har besökt alla G V nu. Men vi tror inte det är någon av dem som är Gurra«.

»Okej. Men då har ni i alla fall kollat upp dem. Jo jag har en grej åt er«.

»Jaså? Vänta lite ska jag sätta dig på högtalare så att Valeria också kan höra«. Det går några sekunder och man kan höra Morgan svära lite och klaga över att det inte fungerar.

»Jävla teknik«. Men så kopplas telefonen upp mot bilens högtalare.

»Hör du oss nu Gunilla?«, säger han.

»Nu hör jag. Jo det är så här, att Ossian har fått svar på fingeravtrycken som fanns på kvittot som hittades i Stinas byxor. Kan ni tänka er vems fingeravtryck det är?«

»Kläm fram med det för faan«.

»Leif Bergqvist«.

»Vad faan«, säger Valeria.

Deras blickar möts och de säger högt i mun på varandra, »Vi åker dit. Han bor endast tio minuter härifrån. Och vi ska ändå den vägen«.

17.

Valeria tittar på bilens klocka. Det har tagit cirka åtta minuter till Leif Bergqvist hus. Hon har kört som en biltjuv, och Morgan klagar inte. Hon parkerar bilen framför huset och båda två kastar sig ut ur bilen och småspringer fram till trappan. Morgan hinner upp först och bankar på dörren allt han kan. Ingen öppnar så Valeria går fram till ett av köksfönstren och sätter händerna vid sidan om ansiktet så att hon ser bättre.

»Hallå«, ropar hon.

Morgan fortsätter att banka på dörren och ropa att de vet att han är därinne, och måste komma ut nu. Ingen kommer dock och öppnar dörren. När de precis ska ge upp, kommer en moped inkörande på gårdsplanen. Det är Leif. Morgan springer ned för trappan och är snabbt framme hos honom. Han sliter av honom från mopeden.

»Aj, aj, du gör mig fan illa. Ta det lite lugnt«, säger Leif.

»Lugna dig Morgan«, säger Valeria. »Vi vill väl prata med honom och inte döda honom?«

Morgan släpper taget om Leif som tappar balansen och faller bakåt. Valeria är snabbt framme hos honom.

»Hur gick det?«

»Det är lugnt. Tur man har hjälmen«.

»Vi har några frågor till dig. Kan vi sätta oss någonstans?«, säger hon.

»Bäst att gå in till köket kanske? Det är inte supervarmt«, säger Leif.

Han tar av sig hjälmen och hänger den på styret. Han går sedan i väg mot huset och Morgan och Valeria följer efter. När de kommit upp till ytterdörren låser Leif upp och de går in.

»Ta inte av er skorna«, säger Leif. »Jag har inte hunnit städa«.

När alla tre slagit sig ned vid köksbordet tar Valeria upp en lapp med ett telefonnummer på. Hon räcker över lappen till Leif som ser frågande ut.

»Vad är det här?«, säger han.

»Känner du inte igen numret?«, frågar Valeria.

Ansiktsfärgen bleknar och blicken flackar. Händerna flyger upp och gestikulerar samtidigt som han försöker säga något men rösten spricker. Han harklar sig och får sedan fram ett kort ja.

»Så det gör du. Vems nummer är det?«

Käkarna jobbar från sida till sida och blicken flackar igen. »De är Albins«, säger han.

»Vem är Albin?«, frågar Valeria.

»Äsch, det är en yngre grabb jag lärde känna när jag gjorde min sista volta. Han bor i Hudik«.

»Det här numret hittades på en brottsplats«, säger hon.

»Jaha, men det är inte mitt nummer så vad rör det mig«

»Det hittades fingeravtryck på kvittot som numret är skrivet på. De fingeravtrycken är dina. Vi måste anhålla dig. Du får följa med oss till polisstationen«.

»Men vadå? Är jag misstänkt för något?«, säger han.

Innan Valeria hinner svara reser sig Morgan upp och närmar sig Leif. »Det enda vi med säkerhet vet är att det är dina fingeravtryck. Så upp och hoppa nu och på med kläderna så får du hänga med oss till stationen«, säger han.

»Okej, okej. Lugna dig«, säger Leif.

Alla tre går mot ytterdörren. Morgan och Valeria har inte tagit av sig vare sig skor eller jackor. Morgan naglar fast Leif med blicken och när han tagit på sig sina ytterkläder går de gemensamt ut mot bilen. Morgan öppnar höger bakdörr och hjälper Leif in i baksätet. Själv följer han efter och sätter sig bredvid. Valeria tar plats i förarsätet. Resan hem till Hudiksvall sker under tystnad.

När de kommit fram till polisstationen kör de in i arrestintaget. Gunilla kommer emot dem och meddelar att van der Krafft blivit informerad om gripandet. Morgan öppnar och kliver ut ur bilen. Han kopplar loss Leif från bilbältet och leder honom sedan in i arresten.

»Det här händer nu«, säger Morgan till Leif. »Du kommer att

förhöras mer ingående om varför dina fingeravtryck återfinns på kvittot. Åklagaren kommer sedan att besluta om du ska anhållas eller om du ska försättas på fri fot«.

»Okej«, säger Leif och ser bedrövad ut.

Valeria och Morgan går tillsammans med Leif till förhörsrummet som finns i arrestlokalen. De ställer fram en stol till Leif och sätter sig mitt emot. Valeria slår på den gamla bandspelaren. »Det här är kriminalkommissarie Valeria Ek och bredvid mig sitter polisassistent Morgan Haglund. Mitt emot oss sitter den misstänkte Leif Bergqvist. Klockan är nu 15:32. Du kan väl berätta varför dina fingeravtryck finns på kvittot«.

»Ni har visat mig ett telefonnummer. Jag har ingen aning om vilket kvitto du snackar om«, säger Leif.

Morgan lägger fram bevispåsen med kvittot i framför Leif. »Det här«, säger han.

Leif tittar på påsen och säger: »får jag ta upp kvittot så jag ser lite bättre?«

»Påsen får du ta, men låt kvittot ligga kvar i den«, säger Morgan.

När han tittat på påsen och vänt och vridit på den i några minuter säger han: »Det kan ha varit det här kvittot jag skrev upp Albins nummer på och gav till en tjej som heter Stina«.

»Stina? Vem är det?«, säger Valeria.

»Äsch, en ung tjej som var ute efter lite flödder. Hon brukar tjacka grönt från en annan polare annars, men nu ville hon ha något mer«.

»Vad vet du mer om den här Stina?«, säger Valeria.

»Jag vet inget om henne egentligen. Jag har slutat med sådant«.

»Så du menar att du enbart förmedlade kontakten?«

»Aa«.

Leif tittar ned i bordet och ser ut som ett litet barn som gjort något dumt och blivit påkommen av sina föräldrar. Morgan reser sig upp och går ut. Valeria tittar frågande efter honom men säger inget. Efter någon minut kommer han in igen och säger: »Jag har pratat med åklagaren nu och du är anhållen«.

»Anhållen? Men vad fan, jag har ju inte gjort något«, säger Leif.

»Du får följa med ut till arrestpersonalen för visitation så visar de vart du ska bo de närmsta dagarna«, säger Morgan.

»Närmsta dagarna? Men nu får ni ge er. Jag har erkänt att jag gav ett telefonnummer till tjejen. Det är väl inte brottsligt?«

»Du får följa med oss nu. Åklagaren har begärt att du ska vara anhållen eftersom du är misstänkt för inblandning i mord eller dråp. Du har rätt till en offentlig försvarare och vi har cirkus sjuttio timmar på oss att förhöra dig. Om du fortfarande är misstänkt då kommer åklagaren att skicka in en häktningsframställan till domstolen«, säger Valeria.

De går ut ur förhörsrummet och lämnar över Leif till arrestpersonalen. De får höra att en bil är på väg in med en LOB, (Lagen om omhändertagande av berusade personer) så de måste flytta sin bil från arrestintaget.

»Jag fixar det«, säger Valeria. »Går du upp till oss?«, säger hon sedan till Morgan som nickar och går i väg.

När hon backat ut bilen kör hon fram till porten som går ned till garaget. Hon trycker ned sidorutan för att kunna trycka på portöppnaren så hon kan köra ned. I garaget är det som vanligt lugnt. Några kollegor från trafikavdelningen är på väg ut för fartkontroller. De hejar på varandra och den en av dem säger: »Saknar du oss Valle? Stå ute efter E4 och frysa häcken av dig och stoppa långtradare«.

»Inte ett dugg«, säger hon. Hon gör till sin röst och säger: »Jag trivs bättre här, där jag kan ha det lugnt och skönt, och lukta på blommorna«. Hon skrattar högt och går i väg mot trapphuset. Precis när hon ska öppna dörren öppnas den från andra hållet. In i garaget kommer garagekillen. Han nickar åt henne och håller kvar blicken lite för länge.

»Ville du något?«, säger hon. Han skakar på huvudet och går mot garagekontoret. Valeria står kvar några sekunder sedan fortsätter hon upp till avdelningen.

Leo kommer gående mot henne. »Vi har varit i Sundsvall nu«, säger han.

»Just det vad sa dem?«, säger hon.

»Han sa att Stina har båda föräldrarna i livet. Så teorin att hon är uppväxt endast med modern faller. Hennes föräldrar lever, men är alkoholister. Själv har hon tagit droger, därför hon till slut blev omhändertagen på grund av lagen om vård av unga. Först hamnade hon på Snöflingans HVB hem i Boden, men sedan ett år tillbaka bor hon på Hästhagens solgårds behandlingshem i Sundsvall. Men Stina har i alla fall gemensamt med de andra flickorna att hon går på Bromangymnasiet och har samma bildlärare. Jo, en sak till som föreståndaren sa var att i somras jobbade Stina på Sörfjärdens Camping i Gnarp. Tydligen jobbade någon som hette Julia där också, för Stina hade nämnt en Julia för honom«.

»Jaha, vad bra. Då kanske de känner varandra därifrån också?«, säger Valeria. »Du kan väl kolla upp vem som driver campingen och slå en signal dit?

»Ajamen. Allt är enkelt såvida man organiserar det faktiska systematiskt«, säger Leo

»Vad?«

»Äsch det är ett av alla ordspråk från Agatha Christie. Går och ringer nu«.

Valeria går mot sitt kontor och Morgan kommer halvspringande efter. »Ska vi ge oss för idag med förhör?«, säger han.

»Förhör? Du menar av Leif? Ja jag tycker han kan få sitta i arresten och mogna på sig lite«, säger hon. »Tänkte faktiskt bege mig. Ses i morgon«.

18.

Morgan känner sig färdig med dagen han också. Han är barnledig den här veckan så vad passar inte bättre än en pizza till middag och en stor cola. Han stänger ned sin dator och googlar fram numret till Pizzeria Amanda. Stans bästa pizzor, och perfekt läge eftersom han bor på Lastagegatan. Det är några hundra meter emellan. Han knappar in telefonnumret och signalerna går fram. »Pizzeria Amanda«.
»Hej. Jag är sugen på en kebabpizza«, säger han.
»Okej, bra så?«, säger pizzabagaren.
»Ja det blir bra«.
»Tio minuter«.
Han kränger på sig dunjackan och tar på sig mössan. Går sedan ut i korridoren och mot hissarna. Han har sin bil i polisens garage. Mest för att det är säkrare så han slipper parkeringsskador på den. I garaget ser han inte en endaste människa. Precis när han kommit fram till sin bil kommer dock den nye garagekillen och går mot utgången. Han ser ut att ha jobbat klart för idag. Morgan höjer handen till hälsning och frågar om dagen har varit bra. Han får en nick tillbaka. Underlig människa. Hej kan man väl ändå säga.
Morgan startar sin bil och kör ut ur garaget. När han kommer fram till pizzerian har han tur att det finns en parkeringsplats precis utanför. Han kliver ur bilen och haltar till. »Jävla hälsporre«, mumlar han. Inne på pizzerian hälsar bagaren glatt på honom och kommer med pizzan.
»Vill du ha sallad och bearnaisesås kan du ta från kylen«, säger bagaren.
»Perfekt«, säger Morgan och greppar en stor två liters cola också.
Han betalar och går ut till bilen. Lukten av smält ost och kebabkött sprider sig i kupén och magen kurrar. Väl framme vid sitt

radhus parkerar han på gatan. Det är datumparkering men han bestämmer sig för att äta upp pizzan först och gå ut och flytta bilen sedan.

När han låst upp sparkar han av sig skorna och går in till vardagsrummet och ställer pizzan på bordet. Han går ut i köket för att hämta en kniv och ett stort glas till colan. Han slicear upp pizzan så han kan äta utan bestick och slår på teven och zappar. Blicken fastnar på skräckfilmsgenren och han klickar på en gammal klassiker. *»När lammen tystnar«.*

Han är nöjd med både maten och filmen och när eftertexterna rullar kommer han att tänka på vilken jävla psykopat Hannibal Lecter är. Den som har mördat Julia och Stina är banne mig en jävla psykopat det med. Han funderar inte mer på det utan reser sig upp som en raket och springer ut och pratar högt samtidigt:»Bilen för i helvete. Jag måste flytta på den så jag inte får böter. Jävlar i mig om jag skulle klanta till det så«.

Han kastar sig in i den och kör bort till parkeringen. På väg tillbaka till huset haltar han än mer, och inser att han måste göra något åt den jävla hälsporren. Innan han hunnit in genom ytterdörren hör han The final countdown spelas. Det är hans telefon som ringer. I sista stund får han tag på den och svarar:»Japp, Morgan här«.

»Hej, det är jag, Valeria«.

»Jaså, saknar du mig redan«, säger han.

»Ja visst, jag kan inte vara utan dig«, säger hon sarkastiskt och fortsätter.»Nja, jag kom på en grej angående Avas försvinnande. Varför mördar han två av dem? Men inte henne? Om det nu är samme man? Eller gärningsperson?«, säger hon.

»Hmm, ja du. Kanske det inte var meningen att de skulle dö, men något gick fel?«, säger Morgan.

»Precis så har jag också tänkt. Men egentligen ville jag endast få det ur mig. Ska inte störa dig mer. Ha en trevlig kväll så ses vi i morgon«.

»Störa mig? Nähä du. Jag är barnledig den här veckan, så det är lugnt. Ha det så ses vi«, säger han och klickar bort samtalet. Han kan inte släppa fallet utan sätter sig i soffan och slår på datorn. Han googlar psykopat.»*En person med psykopati har brist på empati och saknar omsorg om andra*« Han läser vidare: »…..*handlar utifrån sina egna behov. Tänker inte efter innan den agerar. Orädd, ofta dominant*«. Ja att det är en orädd person vet vi, för det är väl alla mördare. Egna behov? Kan det handla om att han måste ta de här tjejerna för sitt eget behov? Han stänger ned datorn. Reser sig upp och gäspar stort. Han går in till badrummet och gör sina vanliga kvällsbestyr, för att sedan bokstavligen kasta sig i säng.

När han legat i sängen en timme och vänt och vridit på sig slår han upp ögonen och stirrar i taket. Han sträcker sig efter en t-shirt, tar på sig den sittande i sängen och kliver sedan upp. I köket är redan kaffebryggaren laddad inför morgondagen men han slår på den nu. Inom några minuter har doften av nybryggt kaffe spridit sig. Han tar fram sin favoritmugg som är kantstött och texten »Världens bästa pappa« har nästan blivit utsuddad. Han fyller upp den och tar en klunk. Kliar sig i skäggstubben och funderar på fallet igen. »Vi måste fråga både Julias och Avas mammor om de känner igen Albins telefonnummer. Och om de vet vem Albin är. Anna kanske också känner till den här Albin, om han har gått på Bromangymnasiet«, säger han högt. Men han får inget svar eftersom han är ensam i lägenheten. Eftersom han druckit kaffe och blivit pigg, bestämmer han sig för att se ytterligare en film. Men efter att ha suttit och zappat fram och tillbaka väljer han till slut en tennismatch på eurosport. Den kanske kan trötta ut honom.

»Bip, bip, bip, bip«, säger den gamla klockradion. Morgan vaknar med ett ryck i soffan och inser att han somnat med kläderna på. Han går in till sovrummet och stänger av den. Håret står åt alla håll, så han går in till badrummet och kör lite vattenkamning och raggardusch. Känner att han inte orkar stå i duschen nu. Han klappar lite med händerna på kinderna och spolar ansiktet i kallvatten i stället. Gårdagens kaffe är kvar i kaffekannan så han värmer en kopp i microvågsugnen. Det får duga. Han tar fram en toast från frysen och stoppar i brödrosten. Smöret är slut men han hittar lite mjukost som han kan ta, och några gurkskivor. Gurkan har egentligen sett sina bästa dagar, och mjukostens kartong har mögel i kanterna. Det räcker att han får någonting i magen nu. Inte så noga med vad det är. Blir till att köpa bättre frukost nästa vecka när barnen kommer.

Han behöver inte klä på sig eftersom han somnade med kläderna på. Det räcker med några sprut Axe under armarna, så att inte svettlukten ger sig till känna. Han tar på sig ytterkläderna och går ut till sin bil. Förbannar sig för att inte ha ställt dieselvärmaren, så det blir till att skrapa rutor.

19.

Ava vaknar upp liggande på stengolvet. Hon försöker röra sig men hennes ena ben sitter fast i något. En lång kätting och någon form av fotboja som sitter murad i väggen. Den räcker så långt att hon kan gå till hinken och göra sina behov, och lägga sig ned på madrassen. Huvudet värker. Hon ligger kvar och rör det fram och tillbaka. Nacken är stel och hon kan inte lyfta höger arm. När hon tittar upp mot taket upptäcker hon en kraftig krok som är uppskruvad i ena hörnet. Den måste ha kommit dit när hon låg avsvimmad. Vilken funktion fyller den? Är det något eller någon som ska hängas upp i den? Hon ryser vid tanken. Släpar sig fram till madrassen och kryper ihop liggande i fosterställning. Doften av svett, avföring och mögel blandas sig och blir starkare. Ögonen tåras och hon blundar. När hon legat ett tag hör hon hur låsvredet vrids om. Dörren öppnas. En man går fram till henne och binder ett rep runt halsen. Repet fästs i kroken i taket. Utan att säga något drar han henne upp på fötter och kopplar bort fotbojan. Hon viftar och sparkar med benen och skriker så högt att man kan tro att en grisslakt genomförs.

Något vasst sticks in i hennes arm. Hon blir till slut lugnare och han tar loss repet och knuffar henne framför sig. Han öppnar dörren och de går uppför trappan. Innan de går ut sätter han en ögonbindel på henne och föser henne ut genom dörren. Hon försöker sjunka ihop och bli tung. Han stönar och fortsätter att försöka få henne att gå. En bit bort ligger en gammal matkällare. Man kan se en liten kulle med en dörr. När de kommer fram öppnar han hänglåset. Innanför finns ännu en dörr. Han öppnar den och tittar sig omkring och med en knuff försvinner Ava ned i mörkret. Han stänger båda dörrarna och låser med hänglåset. Med hoppsasteg studsar han i väg mot sin stuga, samtidigt nynnar han på visan som får honom att känna sig lugn i hela kroppen, »*När trollmor har lagt sina elva små troll och bundit fast dem i svansen. Då sjunger hon sakta för elva små trollen de vackraste ord hon känner. Ho aj aj aj aj buff. Ho aj, aj, aj, aj buff*«.

*

Det är kolsvart omkring henne. En doft av jord och gammalt murket trä fyller det lilla utrymmet. Hon blinkar hårt några gånger. Ögonen vänjer sig sakta vid mörkret och hon kan se några trälådor med gammal potatis som slagit rot. Hennes lilla kropp är fylld med en otrolig smärta och rädsla, men så känner hon den lilla lappen i byxfickan med dikten som får henne att tänka på sin pappa. Och hon vet att han finns med henne vart hon än är. Modet i henne väcks. Hon reser sig upp på darriga ömma ben och går sakta omkring i cirklar på den minimala ytan. Väggar och golv verkar vara av jord. Likaså taket. Då är det är inte omöjligt att gräva sig ut. Hon tar tag med den arm som värker minst i en av lådorna med potatis. Tömmer ut innehållet och försöker sparka på den så att hon får loss en bräda. För att få mera kraft lutar hon kroppen mot en liten hylla som är cirka en och en halv meter hög. Precis när hon ska sparka ramlar hon baklänges och drar med sig hyllan i fallet. Lådan går inte sönder, men däremot hyllan. Den faller isär och en bräda lossnar. Trots att armarna värker börjar hon febrilt att gräva. När hela kroppen är blöt av svett och håret hänger som blöta stripor i ansiktet, ger hon upp och faller ihop i fosterställning på golvet. Men hon säger till sig själv att hon tar en paus. Hon ska inte ge upp, för det skulle hennes pappa inte ha velat.

*

Mannen i den lilla stugan ser nöjd ut med dagens arbete. Förutom flytt av Ava har han bakat en sockerkaka. Han sätter på kaffebryggaren och kaffedoften sprider sig i köket. I vardagsrummet finns en öppen spis och när kaffet är klart skär han upp kakan, fyller en kopp med kaffe och sätter sig i den slitna fåtöljen och lyssnar på brasans sprakande. Man kan se i hans ansikte att han är tillfreds.

När han precis ska ta ett bett på kakan, ringer det på dörren. Han reser sig upp och går de få steg det är till ytterdörren. Genom det lilla kikhålet ser han endast en röd mössa. Men han öppnar ändå. Personen som kommer är bekant för honom vilket man kan se i hans ansikte.

Besökaren säger: »Vart har du gjort av henne«?

»Blev tvungen att flytta henne. Hon är i matkällaren«.

»Okej, men då går jag dit med kvällsfika«.

»Det blir bra, då tar jag frukosten«.

Han stänger sedan dörren och gör en snurr. Tar några danssteg och ler stort, varpå han sedan återvänder till sin fåtölj.

*

Det rasslar till i låset till matkällaren. Ava ligger kvar på golvet men blinkar några gånger för att se bättre. In kommer en kvinna. Ser det ut som i alla fall. Personen är lite kortare och smalare än den som har varit där innan. Hon säger inget men går fram till Ava och tar tag i armen för att hon ska resa sig upp. Ava kvider av smärta. Kvinnan tar fram en inplastad smörgås ur ena fickan och en burk coca cola ur den andra. Hon släpper det på golvet framför Ava sedan går hon ut. Innan hon stänger dörren skriker Ava: »VÄNTA!

Kvinnan stannar upp, vänder om och tittar på Ava. Med mörk röst säger kvinnan: »Vad?«

Rösten är bekant men ändå inte. Hon frågar varför hon är här. Kvinnan lägger huvudet på sned. Står kvar ett tag och tittar på Ava. Vänder sedan om, går ut och låser dörren. En märklig känsla infinner sig hos Ava. Hon känner igen rörelsemönstret. Men den stämmer inte överens med rösten. När hon suttit och funderat några minuter öppnar hon plasten på mackan och tar ett stort bett.

20.

21 november.
 Klockan är tjugo över sju och Morgan är först på plats på stationen. Han plockar fram gårdagens förhör med Leif Bergqvist. Skummar igenom det och lutar sig tillbaka i kontorsstolen. Valeria dyker upp i dörröppningen.
 »God morgon. Ska vi fortsätta att grilla Leif?«, säger hon.
 »Jag skummade igenom förhöret. Tänkte att vi snackar med honom igen. Men tror inte att han har med morden att göra. Han hade sin kontakt i Albin för att fixa droger. Men det är nog det enda«, säger Morgan.
 »Vi inväntar Leifs advokat, så kör vi ett nytt förhör med honom så får vi se. Han skulle vara här strax efter åtta«, säger Valeria.
 Hon går in till sitt rum och tar av sig ytterkläderna och sjunker ned i stolen. Datorn glömde hon att stänga av i går. Det lyser ett gult kuvert längst ned i aktivitetsvyn. Ett nytt mejl.
 Avsändaren heter Alfred Persson. I mejlet står det att han fått se en bild på ett guldsmycke. Han är nästan säker på att det är han som är tillverkaren. Anledningen till att han inte hört av sig tidigare är att en kollega som har en guldsmedsaffär mejlade honom bilden, men han har haft problem med sin dator. Direkt när han såg den, ringde han polisen, men inget svar. Därför skickar han detta mejl.
 Valerias ögon blir stora som tefat och ett leende sprids på hennes läppar. Men hon måste hålla det för sig själv tills efter förhöret med Leif. Morgan kommer att flippa ur annars.
 En okänd röst hörs i korridoren. Valeria reser sig upp och går ut. En man med portfölj står och pratar med Morgan. Det måste vara Leifs advokat. Hon går fram till honom och presenterar sig. Han tar henne i hand och berättar att han heter Olof Smith och är advokat.

»Bra, då går vi ned till arresten och pratar med Leif«, säger hon.

På arrestavdelningen håller personalen på att bråka med en intagen som kommit in på morgonen. De förstår att det är Leif Valeria vill prata med. De anhållna sitter i den vänstra flygeln, så en personal går och hämtar honom. När han kommer in i förhörsrummet ledsagad av arrestpersonalen är advokaten redan på plats, och Morgan och Valeria sitter mitt emot.

De hälsar och Valeria startar inspelningen.

»I dag är det den 21 november och förhör hålls med den anhållne Leif Bergqvist. Förhörsledare är Polisinspektör Valeria Ek. I rummet finns också vittnet polisassistent Morgan Haglund, samt advokaten Olof Smith. Hur är det nu Leif. Känner du Albin Broqvist?«, säger Valeria.

»Det har jag redan sagt till er. Träffade honom när jag satt senast«, säger Leif.

»Okej. Du träffade. Men ni umgicks aldrig?«.

»Jo, när vi satt träffades vi på promenaderna och jag visste ju att han dealade och så. När jag sedan kom ut från kåken hade jag kvar hans nummer. Så när den här tjejen ville ha flödder, fick hon numret«.

»Tjejen, är det Stina?«, säger Valeria.

»Ja«, säger Leif.

»Okej. Men varför kontaktade Stina dig? Känner du henne?«, säger Morgan.

»Harmånger är litet. Alla vet att jag suttit. Klart som fan att hon visste att jag hade kontakter. Därför sökte hon väl upp mig«, säger Leif.

Morgan och Valeria tittar på varandra. Ursäktar sig och säger att de ska gå ut ett tag. Ingen av de tror att Leif är mer inblandad än knarket. Morgan ringer van der Krafft och redogör sina tankar för honom. De kommer överens om att han ska släppas. Tillsammans går de in till förhörsrummet igen.

»Vi har pratat med åklagaren nu«, säger Valeria. »Du är inte längre anhållen. För mord. Gällande knarket kommer vi att utreda mera om du har något samröre med Albin. Men det är inte det viktigaste just nu. Du är fri att gå«.

Advokaten Olof reser sig upp och tar Leif i hand.

»Kan jag hämta mina saker nu då?«, säger Leif.

»Gå ut till arrestintaget så hjälper de dig. Men räkna med att höra av oss igen angående inblandningen med drogerna«, säger Morgan.

Valeria följer advokaten ut. Hon tar sedan trapporna upp till grova brott. Morgan står i korridoren och berättar för Anders och Gunilla om förhöret. När han ser Valeria säger han:»Jamen då går jag och ringer Julias och Avas mammor för att förhöra mig om de känner till Albin. Just nu behöver vi gripa efter alla halmstrån vi kan eftersom tiden går«.

Leo kommer emot Valeria och berättar entusiastiskt om den senaste deckaren han har sett. Valeria svarar ja och nej och verkar inte vara jätteintresserad. Leo fortsätter ändå att berätta om serien han sett som heter Happy Valley.

Hon svarar inte men säger » Just det. Jag har något att berätta. Häng med så går vi in till Morgan. När de kommer in till honom har han precis avslutat samtalet med Avas mamma, men hon känner inte till någon Albin.

Det är en grej jag inte hunnit berätta«, säger Valeria. »En guldsmed från Ljusdal mejlade mig«.

»Lägg av«, säger Morgan. »Vadå visste de något om smycket?«

»Han har visserligen enbart sett det på en bild, som Leo mejlade en av hans kollegor. Men han tror sig vara säker på att det är han som tillverkat det. Så jag tänkte åka dit. Någon frivillig som vill följa med?«, säger hon.

Morgan reser sig upp och tar på sig jackan. »Då sticker vi«, säger han. »Leo, du kanske kan ringa Julias mamma så länge angående Albins telefonnummer?«.

Innan Leo ens hunnit svara är Morgan på väg ut från kontoret.

Valeria tittar på Leo och säger »Sorry, men det blev visst jag och Morgan som åker«. Hon springer efter honom och säger »Meddela Anders om han kommit. Han kan hjälpa Leo att ringa. Jag hämtar bilnycklar«.

»Har redan tagit nycklar till XC60 in. Vi ses i garaget. Du tar väl trapporna?«, säger han.

Valeria går in till sitt rum för att sätta på sig ytterkläderna. Det piper till i telefonen och skärmen lyses upp. »Meddelande från

Krafft«. Hon klickar upp meddelandet och läser »Dykt upp något nytt i fallet? Ville säga puss också«. Utan att svara på meddelandet stoppar hon telefonen i jackfickan. När hon får tillfälle måste hon ändra hans namn i telefonboken, så att ingen kollega ser.

I garaget sitter Morgan redan i bilen. Han har startat den, men sitter på passagerarsidan.

»Vad nu?«, säger hon och tittar på honom.

»Tänker att det är väl bäst om du kör«, säger han och flinar.

Hon sätter sig i förarsätet och säger »Tack«.

När de rullat ut ur garaget kör de igenom stan och ut på riksväg 84. Ingen säger något förrän de kommer till Näsviken. »Har du tänkt på den här killen i garaget«, säger Morgan.

»Tänkt? Hur menar du då? Inte sitter jag hemma och tänker på garagekillar«, säger Valeria och skrattar för sig själv.

»Nja, inte så, men han verkar så konstig. Pratar man med honom så mumlar han bara«.

»Vissa människor har inte fått talets gåva. Med dig är det annorlunda«, säger hon.

»Annorlunda, tack för den. Tur att någon av oss gillar att snacka i alla fall«, säger Morgan och tittar ut genom fönstret.

När de passerat Delsbo har de ca två mil kvar till guldsmeden. Tydligen är det en man som har en guldsmedja hemma på gården och har en liten gårdsbutik. Han kontaktade polisen eftersom en kollega som har en affär inne i Ljusdal trodde att det kunde vara den här mannen som gjort smycket.

Precis innan de kommer fram till Ljusdal, i en by som heter Bäckänge stannar de och försöker lokalisera vilket hus som tillhör guldsmeden. Efter en liten stund tror de sig ha hittat rätt.

»Bra gjort av oss utan GPS«, säger Morgan.

Valeria parkerar och de kliver ur. »Helvete, vi glömde smycket i alla stress«, säger hon.

Morgan tar fram något ur jackfickan. Han viftar med en bevispåse med ett smycke i.

»Mig kan du lita på«, säger han och ler.

Mannen har väntat på dem och kommer ut och tar emot dem.

»Välkomna. Polisen antar jag«, säger han.

»Stämmer bra det. Jag heter Valeria och det var mig du pratade med i telefonen. Det här är min kollega Morgan«, säger hon och pekar på Morgan.

»Kom in kom in«, säger han.

De går in i en litet Attefallshus han har på gården. När man kommer in är det en liten hall och sedan möts man av en gammal köpmandisk och bakom den några verktyg och allt som behövs för att tillverka smycken.

»Låt mig se«, säger han.

»Vi kan tyvärr inte ta ur smycket ur påsen eftersom det är bevis. Men du ser nog rätt bra ändå«, säger Valeria.

Han vrider några varv på påsen och tar fram ett förstoringsglas.

»Jorå, det är mitt smycke. Det var en kvinna i trettioårsåldern som var hit med en bild och frågade om jag kunde tillverka ett smycke i guld«, säger han.

»Sa hon vad bilden föreställde?«, säger Valeria.

»Nej, det sa hon inte. Jag frågade inte heller förstås. Men hon skulle ge bort det i födelsedagspresent till någon«, säger han.

»Kan du se i ditt kassaregister när och vem det var?«, säger Valeria.

»Jag har en bok som jag skrivit i vilket datum jag ska lämna ut vilket smycke. Men eftersom det här är en gårdsbutik, har jag inget kassasystem. Det är endast kontant betalning som gäller. Men jag har telefonnumret till beställaren«.

Det blixtrar till i Morgans ögon och han går genast fram mot mannen. »Perfekt, då tar vi gärna det«.

Mannen skriver ned numret på en post it lapp. Morgan och Valeria tackar för sig och går ut och sätter sig i bilen. Morgan halar fram sin telefon och klickar på appen hitta.se. Han slår in telefonnumret och trycker på sök. Ett kugghjul snurrar några sekunder och sedan kommer texten »okänt nummer« fram. »Fan«, skriker han.

»Skittråkigt. Men ta det lugnt. Vi vet i alla fall att det är en kvinna vi söker«, säger Valeria. Färden hem till Hudiksvall sker under tystnad. Men när Valeria styr in i centrum är det som att öppna en kapsyl. Orden strömmar ut ur Morgans mun.

»Jag ger mig faan på att den jävla Anna har något att göra med det här. Det har jag trott hela tiden. Vi måste åka hem till henne. Julias mamma Mikaela är jävligt misstänkt hon också, men hon kan ju för i helvete inte mördat sitt eget barn. Fy sjutton vilka jävla idioter. Vi åker hem till dem nu«.

»Ge dig. Vi åker in till stationen nu och hör med Leo om han pratat med Mikaela angående Albin. Vi kan inte hasta i väg överallt«, säger Valeria.

Morgan drar upp luvan på sin hoodie. Munnen blir som ett streck och blicken mörk. Samtidigt knyter han båda nävarna i knät. Valeria tittar på honom men säger inget. Framme vid stationen parkerar hon bilen på en parkeringsplats utomhus. Tillsammans går de in och upp till avdelningen. Van der Krafft kommer emot dem. Han ser glad ut när han får syn på Valeria.

»Jo jag tänkte att jag skulle titta till er. Hörde att Leo pratat med Julias mamma angående Albin. Jorå, hon kände till honom«, säger han.

»Gjorde hon?«, säger Valeria.

»Så är det. Gå in och snacka med Leo ska du får höra«, säger han. Innan hon ens tagit ett steg är Morgan nästan inne hos Leo.

»Vad sa hon? Kände hon till honom?«, säger Morgan. Leo sitter som vanligt med hörlurarna på. Han märker att Morgan har kommit in i rummet. Han tar av sig lurarna och säger »Jaha är ni tillbaka? Fick ni ut något av besöket?«.

»Mamman, vad sa hon? Känner hon Albin?«, säger Morgan.

»Jaha, ja hon kände till honom. Eller egentligen inte mer än till namnet. Julia hade tydligen pratat om någon Albin«, säger Leo.

»Okej, men hon vet inget om honom?«.

»Nej, det är enbart till namn, och att han bor i Hudiksvall. Hon tror att han går på Bromangymnasiet«, säger han.

»Vi måste plocka in killen«, säger Morgan och tittar på Valeria som också kommit in i rummet.

»Tycker vi åker direkt. Bilen står ju härutanför«, säger hon.

På väg ut till trapphuset vänder Valeria. »Jag glömde mobilen på skrivbordet«, säger hon

»Okej, jag går ut så länge«, säger Morgan.

Valeria går med raska steg mot sitt kontor. När hon kommer in i rummet ligger mobilen mycket riktigt där. Hon rycker åt sig den och stoppar den i fickan. Eftersom hon inte vet hur lång tid det kommer att ta med besöket hos Albin smiter hon in på toaletten också för att kissa i förebyggande syfte. När hon är klar tvättar hon händerna och drar fingrarna genom håret innan hon låser upp. Van der Krafft står utanför konferensrummet och snackar med Gunilla. Som vanligt är Gunilla klädd i kort kjol. Håret är perfekt och det måste gå åt många flaskor hårspray i veckan, för när hon rör sig ligger det ändå helt perfekt. Inte ett hårstrå fel.

Han får syn på Valeria och avslutar samtalet. Hon stannar upp och ler mot honom.

»Ses vi ikväll?«, säger han och smeker henne försiktigt över armen.

»Gör inte så här«, säger hon och rycker undan armen. »Jag ringer dig efter jobbet. Det kan bli sent, så lovar inget«, säger hon.

21.

Morgan står vid bilen och äter på något när Valeria kommer ut.
»Vad tuggar du på?«, säger hon.
Han sköljer ned det snabbt med några klunkar Coca Cola.
»Äh, det tog en sådan jävla tid innan du kom ut och jag hittade en chokladkaka i jackfickan. Känner jag behöver extra energi nu«, säger han.
»Ja det kan verkligen behövas«, säger Valeria. »Åh vad sugen jag blev på choklad nu«, fortsätter hon.
De sätter sig i bilen och kör i väg mot Albin adress. När de kommer fram till Stormyravägen 57 är det så klart fullt på besöksparkeringen. Valeria ställer bilen på en handikapparkering. Morgan öppnar bildörren innan hon ens hunnit stänga av bilen. Han är snabbt ute och går i väg mot lägenheten. »Det vore trevligt om han kunde vänta på mig någon gång«, muttrar Valeria.
»Vad? Sa du någonting?«, säger Morgan.
»Nej. Men det kan vara schysst om du väntar in mig för en gång skull«.
»Oj, förlåt. Blir lite ivrig nu«.
»Nu?«, säger Valeria och skakar på huvudet.
Han stannar upp och de går tillsammans sista biten. Några pojkar i tioårsåldern är ute och leker precis utanför ingången till 57an. Morgan håller upp sin polisbricka och säger åt dem att de är poliser och måste in. Ögonen blir stora som tefat. Sedan skriker en av dem: »Polis, visst? Ni har inga polisklader på er«.
Morgan naglar fast blicken på dem och berättar med lugn släpig röst att det är för att de är hemliga poliser. Pojkarna tittar på varandra med öppen mun och blir som förstenade. Sedan går de i väg och Valeria och Morgan går in i porten. På namntavlan till höger står det G Broqvist.

»Det måste vara här. Andra våningen«, säger Valeria.

Det finns ingen hiss så de går de två trapporna. När de kommer upp hör Valeria att Morgan gnäller om något.

»Vad är det nu?«, säger hon.

»Hälsporren«, säger han.

»Du får väl för sjutton göra något åt det. Eller kanske är det latmasken?«, säger hon.

Morgan ringer på dörren med G Broqvist. En flicka i tioårsåldern öppnar och stirrar på dem.

»Hej. Är Albin hemma?«, säger Valeria.

Flickan springer i väg och ropar på sin mamma. En kvinna som ser ut att vara i hennes egen ålder kommer emot dem och frågar vem det är som söker Albin. Valeria och Morgan tar fram sina polisbrickor och håller upp dem framför henne.

»Valeria Ek och Morgan Haglund från Hudiksvallspolisen«, säger Valeria.

Kvinnan sätter båda händerna framför munnen och efter några sekunder säger hon »Har det hänt något?«

»Nej, vi söker Albin i upplysningsvis i ett ärende«, säger Morgan.

»Han är inte hemma. Han bor hos sin pappa i Harmånger varannan vecka. Eller egentligen oftare eftersom han har så många kompisar i området. Med samma intressen. Vi bodde där förut, när han var liten«, säger kvinnan. »Oj förlåt, jag har inte presenterat mig«. Hon sträcker fram handen mot dem och säger »Gina Broqvist«.

»I Harmånger. Där ser man«, säger Morgan.

»Kan vi få namn och telefonnummer till pappan«, säger Valeria.

»Ja, vänta lite så hämtar jag telefonnumret«, säger hon.

Hon kommer tillbaka med Namn, adress och telefonnummer. Valeria tar emot lappen. »Strömsbruksvägen?«, säger hon.

»Mmm, Albins pappa bor kvar i huset som vi hade tillsammans«, säger Gina.

»Tack så mycket. Du har varit till stor hjälp«, säger Morgan.

När de kommer ut ur lägenheten säger de nästan samtidigt. »Leif bor också på Strömsbruksvägen«.

»Man kan undra varför han inte sa något om att Albins pappa bor där«, säger Valeria.

De sätter sig i bilen och Valeria styr bilen mot Harmånger. Samtidigt ringer Morgan numret de fick till Albins pappa. Signalerna går fram men efter ett tag slår telefonsvararen på. Morgan svär högt men Valeria säger ingenting. När de är framme på rätt adress inser de att det endast är ett hus emellan Leif och Petri Broqvist. I och för sig är det ganska glest mellan husen här. Men det känner definitivt varandra.

Valeria parkerar bilen och de går fram mot huset. Ingen människa syns till, men det hörs röster från baksidan. De går dit och ser tre killar i Albins ålder stå och meka med en gammal Volvo.

»Albin Broqvist?«, säger Morgan.

En lång gänglig kille med fötter som ser ut som galoscher i storlek femtio kliver fram.

»Det är jag«, säger Albin

Morgan och Valeria håller upp sina polisbrickor. Presenterar sig och säger att de skulle behöva prata några ord med honom upplysningsvis i ett ärende.

»Vi kan gå in«, säger Albin.

De följer efter honom och går in i hallen.

»Pappa är inte hemma. Vi kan sätta oss i köket«, säger han.

Valeria ser lite fundersam ut. Inte typen som missbrukar och säljer.

»Förstår du varför vi är här?«, säger hon.

Han nickar och säger »Julia och Stina?«.

»Kände du dem?«, säger Morgan.

»Vi gick på samma skola«, säger Albin.

»Berätta vad du vet om dem«, säger Valeria.

Albin ser ut att tänka efter men säger sedan »Jag brukade hänga med dem. Julia kommer också från Nordanstig, eller i alla fall hennes mamma. Stina gör inte det. Men kom bra överens med dem. Vi hade bra snack liksom«.

»Kände du till att de tog droger?«, säger Valeria.

Han tittar ned och färgen i ansiktet går i samma nyans som en brandbil.

»Jag vet att de hade jobbiga perioder. De blev lugna när de tog det«, säger han.

»Vet du vart de fick drogerna ifrån?«, säger Valeria.

Ansiktsfärgen gå nu nästan över i lila. Han förklarar sedan att han älskar bilar och behöver pengar för att köpa grejer. Därför han dealar.

»Men, jag tar inget själv«, säger han och sätter upp båda händerna framför sig.

»Du har suttit inne för narkotikabrott i sex månader«, säger Morgan.

Albin vrider på sig och ändrar ställning i stolen. Förutom ansiktsfärgen är han rödflammig på bröstet.

»De såg när jag dealade på en gymnasiefest. Hade en del på mig, så jag åkte in«, säger han.

»Det är jättebra att du berättar«, säger Valeria. »Känner du Leif Bergqvist?«, fortsätter hon.

»Aa. Han satt när jag satt av. Kände honom lite redan innan. Men han bodde inte här då. Han hyr huset här bredvid oss. Så han har bott här sedan han kom ut«, säger Albin.

»Men det var han som gav Stina ditt telefonnummer?«

»Aa«, säger han.

»Men jag får inte ihop det. Du har sålt till dem tidigare? Ni hänger och är kompisar. Har inte de ditt nummer?«, säger Valeria.

»Men, när jag kom ut från kåken ville jag inte deala längre. Bytte telefonnummer och så och raderade mitt Facebook, snap, insta, tiktok. Allt. Sedan i skolan har jag slutat hänga med dem. Ville inte bidra till att de går under«, säger han och fortsätter »Sedan när jag hade varit ute en månad behövde jag lite fler grejer till Volvon. Tänkte att jag kan sälja lite en gång till. Det var därför Leif gav mitt nya nummer till Stina, när hon kom förbi en dag. Jag var hos mamma då. Därför fick hon inte tag på mig«, säger han.

»Okej. Tack för att du säger som det är«, säger Valeria.

»Gick ett program på fängelset. De pratade om att sanningen är bäst. Även om det ibland kan vara jobbigt«, säger Albin.

»Vi har inte fler frågor idag. Men åk inte bort någonstans, och svara i telefonen om vi ringer. Det kan dyka upp fler frågor längs vägen«, säger Morgan.

De går återigen mot bilen utan att det har gett någonting. Morgan hänger med huvudet och hans lite stressiga gångstil har han tappat bort. Valeria tar som vanligt plats i förarsätet. Innan hon startar bilen säger hon »Ska vi ta en sväng till Anna när vi ändå är ute och åker. Om det inte ger något tar vi en funderare hur vi kommer vidare?«.

»Det blir väl bra. Mitt huvud är tomt nu. Har inga andra förslag«, säger Morgan.

De styr bilen söderut. Det snöar ymnigt och sikten blir dålig. När de kommit till Hudiksvall säger Valeria »Det går nästan inte köra fortare än trettio. Ska vi strunta i Anna och hoppas på bättre väder i morgon?«

»Ja fan jag hade velat prata med henne. Varför går allt emot oss? Men det kanske är bäst. Hon försvinner inte hur som helst eftersom hon har djur som måste ses efter«, säger Morgan.

»Precis, men då samlar vi de andra när vi är tillbaka och går igenom det vi har. Kanske ser vi det från ett annat ljus?«, säger hon.

Valeria kör ned i garaget. De flesta bilarna är inne. Ingen vill väl ut och köra i detta väder.

De parkerar på den plats som tillhör grova brott. Låser bilen och går upp de två trapporna till avdelningen. Till och med Morgan tar trapporna utan att klaga.

På avdelningen är det lugnt. Leo sitter som vanligt med lurar på sig. Anders står i fikarummet med en kopp kaffe.

»Har du inget att göra?«, frågar Valeria och ler samtidigt.

»Jo, men man tänker så bra här inne med en kopp i handen«, säger Anders.

»Du, förresten, har du pratat med Maj-Lis ännu?«, säger hon.

»I kväll«, svarar han.

»Okej. Vi samlas i konferensrummet. Meddelar du Gunilla också, så ska jag ta en sväng till damrummet«, säger Valeria.

Framme vid toaletten är hon tvungen att sätta sig ned på toalettlocket. Som tur är finns det ingen i närheten så hon lämnar dörren på glänt. Hon blundar och tar långa djupa andetag för att få bort känslan av att vara instängd. Känner efter i jackfickan och som tur är har hon sin behovsmedicin med sig. Hon trycker ut en tablett från kartan och stoppar i munnen. Böjer sig fram mot kranen och sköljer ned den med lite vatten. Hon håller sedan sina händer under vattenstrålen och baddar sitt ansikte med kallt vatten.

När hon kommer in till konferensrummet är de andra på plats. Hon sätter sig på en stol nära whiteboardtavlan. Gunilla berättar att Missing People har varit ute ännu en gång. Utan resultat.

»Det har gått en vecka nu. För varje timme minskar chansen att hitta Ava levande«, säger hon.

»Vi gör vad vi kan«, säger Valeria. »Alla som känner Ava och de andra flickorna har blivit förhörda. Vi har kollat upp alla bevis vi har. Det är därför jag tycker att vi måste samlas här och gå igenom en gång till och strukturera upp vad vi har gjort och eventuellt inte gjort«, säger hon.

»Vi har precis varit hemma hos Albin Broqvist«, säger Morgan. »Det är hans telefonnummer man hittade i Stinas byxficka. Både jag och Valeria har avskrivit honom till eventuell inblandning i mord eller bortförande av Ava. Det han erkänner att han gjort är att han sålt droger till dem. De hängde tydligen en del tidigare, som han uttryckte det. Men han vill försöka komma bort från sitt tidigare liv. Tyvärr tjänar man rätt bra på att sälja droger, och när han behövde lite mera cash in föll han tillbaka till gamla mönster så att säga«.

»Det vi egentligen har, det är att fimpen vi hittade på båda fyndplatserna har samma fingeravtryck. Även skruven jag hittade. Men vi vet inte vems fingeravtryck det är. Vi har också fått veta att smycket Stina hade runt fotleden köptes av en kvinna hos en guldsmed i Ljusdal. Den kvinnan, kan vara Anna. Vi tänkte förhöra henne idag. Men eftersom vädret är som det är väntar vi tills det blir bättre«, säger Valeria.

»Jag tycker Mikaela verkar underlig. Ringer henne sedan och meddelar att vi har några fler frågor upplysningsvis«, säger Anders.

Gunilla tittar på klockan och ser lite stressad ut. »Jag har ett möte klockan fem, så jag rusar nu. Vi hörs i morgon«.

»Möte nu? På eftermiddagen?«, säger Valeria.

»Det är privat«, säger Gunilla och rusar ut.

»Undrar om hon inte vänstrar?«, säger Valeria och alla skrattar.

»Då ser upplägget ut så här, för att sammanfatta. Anders ringer Mikaela och hör efter om han och Leo kan komma förbi i morgon och ställa några fler frågor. Morgan och jag åker till Anna i morgon«, säger Valeria.

»Perfekt. Då gör vi kväll nu«, säger Morgan.
»Gör så. Jag blir kvar här en stund till. Ses i morgon«, säger hon.
Valeria går in till sig och sjunker ned i skrivbordsstolen. Hon lutar sig tillbaka och sluter ögonen. När hon blundar ser hon stjärnor flyga omkring och allt snurrar. Så kommer hon att tänka på tecknet. Hon rätar på ryggen och lägger höger hand på datorns mus och rör på den så att skärmen tänds. Efter att ha funderat ett tag kommer hon att tänka på teckenspråk. Varför vet hon inte men ordet tecken har figurerat i hennes huvud sedan de hittade Julia. Hon skriver in »teckenspråk« i googles sökfält. Det dyker upp några förslag på vad teckenspråk är och vilka som använder det. Men så kommer hon på att klicka på fliken bilder. Fram kommer några enkla tecken och hur man gör dem. Det finns även videor på youtube. Man kan se hur man gör tecknet bror, syster, mamma, och pappa. Blicken fastnar på pappa. Hon tittar en gång till. I textrutan under videon kan man läsa att tecknet för pappa är att man för pekfingret från pannan i en både ned till hakan. På Julia och Stina var det ritat ett rakt streck i pannan. En bågformad linje på kinden med en pil nedtill hakan. Kan det raka strecket vara pekfingret, den bågformade linjen att man för pekfingret i en båge ned mot hakan, därför är det en pil där? Såklart. Tecknet betyder pappa. Hon springer in till Anders men det är helt mörkt i hans rum. Alla verkar redan ha gått hem. Då skyndar hon sig tillbaka till sitt rum och tar snabbt upp telefonen. Trycker på Morgans nummer. Signalerna går fram men ingen svarar. Hon provar Anders nummer i stället men möts av en telefonsvarare. Han skulle prata med Maj-Lis i kväll, säkert därför han stängt av mobilen. Hon läser ändå in ett meddelande »Hej, det är jag. Tror jag har kommit på vad tecknet betyder. Ring mig så fort du hör det här«. Hon klickar bort samtalet och provar Leos nummer också. Även där möts hon av en telefonsvarare men bestämmer sig för att inte lämna något meddelande.

I stället stänger hon av sin dator. Tar på sig jackan och springer ned för trapporna. Precis när hon öppnar dörren kommer hon på att hon glömt sin mössa och vantar i tjänstebilen. Efter några sekunders funderande bestämmer hon sig för att hämta dem eftersom det är minusgrader och snöfall ute. Hon springer upp till avdelningen igen och hämtar bilnyckeln på Gunillas rum. Tar trapporna ned till garaget och går fram till bilen. Hon ser sig omkring och hon är helt ensam. Mössan och vantarna ligger i baksätet så hon öppnar den ena bakdörren och sträcker sig in efter dem. När hon fått tag på dem och precis stängt dörren igen känner hon ett hårt slag mot bakhuvudet. Allt blir svart och hon sjunker ihop på stengolvet.

För säkerhets skull tar han fram en svart plastpåse och trär den över hennes huvud. Han har förberett den med hål för munnen, eftersom han vill ha henne levande. Han tar fram ett blått nylon rep och surrar det runt hennes ben. En stor grön presenning ligger förberedd under bilen intill. Han tar fram den, vecklar ut den till sin fulla storlek. Lägger den över Valerias kropp och rullar henne sedan så att hon rullas in i den. När hon ligger som i en kokong släpar han henne fram till en av de äldre civila bilarna, som används endast i nödfall, därför kommer ingen att sakna den. De är en Volvo v70 med stort lastutrymme. De flesta gångerna åker han buss till jobbet. Men han kan inte ta med Valeria på bussen. Därför lånar han Volvon idag. Ingen som märker det eftersom det är han som sköter bilarna. När han lastat in henne blir han lugn i kroppen igen och han nynnar:

»När trollmor har lagt sina elva små troll och bundit fast dem i svansen. Då sjunger hon sakta för elva små trollen de vackraste ord hon känner. Ho aj aj aj aj buff. Ho aj, aj, aj ,aj buff«.

När han rullar in på gårdsplanen till stugan börjar oron komma. Klockan är över sju och han har inte förberett sin kvällssmacka. Chokladen måste koka upp eftersom han dricker varm choklad till. Han lämnar Valeria i bilen eftersom kvällsfikat är heligt. Man kan inte göra ändringar i schemat, det blir aldrig bra.

Han kommer in i stugan. Plockar fram bröd, smör och ost. Häller upp vatten i vattenkokaren och trycker på den. Han är orolig att Valeria ska vakna under tiden så han bestämmer sig för att gå ut till bilen och ge henne ännu ett slag i bakhuvudet. Hon får inte vakna ännu. I bilens baksäte har han slagträet han använde i garaget. Han greppar det med en hand och öppnar upp lastutrymmet med den andra handen. Hon sover fortfarande men för att vara säker så han kan njuta i lugn och ro av sin kvällssmacka tar han tag med båda händerna och slår till henne ännu en gång. Nu infinner sig återigen lugnet i hans kropp.

Han stänger bakluckan, lägger in slagträet i baksätet och låser bilen. För att försäkra sig att ingen obehörig kommer in i den går han runt och dubbelkollar att alla dörrar är låsta. Med hoppsasteg går han mot stugan och återigen nynnar han »*Ho aj aj aj aj buff. Ho aj, aj, aj ,aj buff*«.

När han kommit in i värmen och stängt och låst dörren, tar han av sig stövlarna och ställer dem på sin vanliga plats precis innanför dörren. Vattnet har kokat färdigt och han häller i chokladen och rör om. När smörgåsen är klar med exakt en matsked smör, två ostskivor, och en skiva skinka, tar han med sig allt och sätter sig i soffan i vardagsrummet. Han sjunker ned en bit och slänger upp fötterna på bordet. Mannens blick är utan liv. Han äter sakta tugga för tugga och läppjar på den varma drycken. Kroppen börjar sakta gunga fram och tillbaka och rösten han hör i sitt huvud säger lugnt »*ska bara ta hand om, förstår du. Inte göra illa, förstår du, Ingen pappa, förstår du. Inte dö, förstår du, stackars lilla flicka, förstår du*«. Han sluter ögonen och faller i sömn. Det är fortfarande mörkt ute när han slår upp ögonen och gnuggar sig med båda händerna. Klockan ovanför teven visar tio i två. Då har han tid på sig innan det ljusnar att lyfta ut Valeria ur bilen och släpa bort henne till matkällaren. Han kan inte ha henne i det lilla källarrummet. Snabbt reser han sig och går bort mot hallen. Tar på sig stövlar och jacka och småspringer ut till bilen. Hon är fortfarande avsvimmad, så han drar försiktigt ut henne ur bagageutrymmet. Matkällaren ligger några hundra meter bort och för att slippa släpa henne tar han den gamla pulkan han använder för att ta in ved. Han lägger henne på den och drar i väg. Han hör röster i sitt huvud. »*Ska bara ta hand om, förstår du. Inte göra illa, förstår du, Ingen pappa, förstår du. Stackars lilla flicka, inte dö, förstår du*«.

När han kommer fram kontrollerar han att hon fortfarande sover. Innan han drar in henne i matkällaren smyger han ned och lägger örat mot dörren där Ava finns. Inget ljud hörs. Vägg i vägg finns ett till utrymme. Det är endast cirka fyra kvadrat. Han har lagt in en madrass och en filt. Rösterna talar till honom igen »*Flickan, ska ta hand om, förstår du*«. Efter att ha gått den smala trappan upp, öppnar han dörren och går fram till Valeria. I repet han surrat runt hennes ben tar han ett rejält tag. Lägger det på axeln och drar. Framme vid trappan släpar han henne försiktigt ned och stänger in henne i det lilla utrymmet intill Ava. Sätter fast ett hänglås på utsidan och klickar till. Han går upp mot pulkan och vänder hemåt.

22.

22 november.

Leo kommer småspringande mot polisstationens entré tio i åtta på tisdagsmorgonen. Morgan ska precis gå in genom dörren när han hör någon ropa.

»Vänta på mig. Jag har glömt mitt passerkort«, ropar Leo.

Morgan muttrar för sig själv, men håller upp dörren. Leo förklarar att han blev uppe sent för att kolla på *Ett fall för Vera*. »Det är så bra att man inte kan slita sig ifrån det. Tyvärr blev det inte mycket sömn och när jag vaknade i morse glömde jag, i min trötthet, passerkortet«, säger han.

»Mhm«, säger Morgan och fortsätter »Måste skynda mig nu för Valeria och jag ska hem till Anna och ta ett snack med henne igen«.

»Okej. Ja jag vet inte riktigt i vilken ände jag ska börja dagen«, säger Leo.

När Leo är på väg mot sitt skrivbord kommer Anders in genom dörrarna till avdelningen.

»God morgon Leo. Vad har du för planer idag?«, säger han.

»Värst vad du verkar på gott humör. Alltså jag tror att jag ska kolla upp lite mer bakgrundsinformation om Mikaela. Hon verkar skum på något vis. Jag börjar nog där«, säger Leo.

»Det låter bra«, säger Anders.

Som vanligt börjar han med att gå in till konferensrummet för att ta en kopp kaffe. Gårdagens snack med Maj-Lis har gjort honom på lite bättre humör. De ska försöka igen och i natt sov han hemma. Dock i gästrummet. I väntan på att kaffet blir klart tar han upp sin mobiltelefon och slår in Valerias nummer. Det går inte ens fram några signaler utan kopplas direkt till mobilsvar. Han talar in ett meddelande att hon ska ringa upp eftersom det är några saker han vill stämma av med henne. Men eftersom hon inte svarar tar han med koppen och går in till skrivbordet. Morgan kommer in och sätter sig på en stol och ser uppgiven ut.

»Vad är det med dig? Du ser helt förstörd ut«, säger Anders.

»Äsch. Klockan är halv nio och Valeria har inte behagat dyka upp ännu. Hade velat besöka Anna innan det blir för sent«, säger Morgan.

Anders ser ut att tänka efter några sekunder innan han säger »Nja, det är lite konstigt. Ringde henne tidigare men kom bara till mobilsvar. Hon brukar alltid ha sin telefon på«.

»Ska prova att slå en signal jag med«, säger Morgan och tar upp sin telefon. Han trycker på Valerias nummer och sätter luren mot örat.

»Fan. Bara mobilsvar. Hoppas verkligen att hon bara glömt att ladda telefonen. Tänk om det hänt något?«, säger han.

»Det är verkligen konstigt att hon inte dykt upp här. Klockan är tjugo i nio nu. Hon kommer ju alltid före åtta«, säger Anders.

»Har hon inte kommit klockan nio åker jag ändå«, säger Morgan.

»Kom in till mig innan då. Du kan inte åka själv. Åker med dig i så fall«, säger Anders.

Morgan nickar och går ut i korridoren. Han går fram och tillbaka. Tar upp sin telefon och knappar in numret till sitt mobilsvar. »Du har ett nytt meddelande. Meddelandet togs emot igår klockan sjutton och tio«, säger rösten i mobilsvar. Ingen säger något men han ser på samtalsloggen att Valeria ringt vid den tiden. Han går in till Anders igen och ber honom kolla sin samtalslogg. Där finns också ett missat samtal från Valeria. Efter att ha knappat in numret till telefonsvararen, lyssnat på ett meddelande, är han alldeles tyst.

»Vadå? Har du något meddelande? Vad sa hon?«, säger Morgan

Anders ringer upp igen och sätter på högtalarfunktionen.

»Hej, det är jag. Tror jag har kommit på vad tecknet betyder. Ring mig så fort du hör det här«.

»Vadå? Vet hon? Sa hon inget mer?«, säger Morgan.

»Du hörde själv exakt vad hon sa. Hon har kommit på något«, säger Anders.

Morgan reser sig upp med en sådan kraft att stolen flyger in i väggen. Han går ut i korridoren igen. Efter att ha gått där fram och tillbaka några vändor till går han in till Leo och frågar om han vet något.

»Näe. Det finns ett missat samtal från i går. Men inget meddelande. Vet ingenting. Hon har inte dykt upp alltså?«, säger han.

Morgan svarar inte utan går raka vägen in till Anders igen.

»Hänger du med till Anna?«, säger han.

»Ja. Klockan är fem över nio nu. Vi åker direkt. Då kan vi äta lunch när vi är tillbaka«.

Han ställer sig upp, tar tag i sin gamla krycka med den ena handen och ställer långsamt tillbaka kontorsstolen med den andra. Jackan hänger på kroken bakom dörren. Han tar den över axeln och tillsammans tar de hissen ned till garaget.

Det är full rulle där nere. En av aspiranterna håller på att tvätta en bil och en av hundförarna dammsuger en annan.

»Men här jobbas det på«, säger Anders till aspiranten.

»Jo du. Garagekillen är sjuk idag. Och då blev det lite extrajobb här nere. Men det ska göras det också«, säger han.

»Viktigt som sagt att man sköter om bilarna, så är det«, säger Anders och sätter sig i passagerarsätet.

Morgan har redan startat bilen och innan Anders har fått på sig bilbältet åker de i väg.

»Nu tar vi det varligt med Anna«, säger Anders. »Vi vinner inget genom att forcera«.

»Visst«, säger Morgan och biter ihop.

När de kommit fram till Saltvik och parkerat på Annas gård blir de välkomnade av hunden Rune. Ingen människa syns till men hunden skäller och när de börjar gå springer den mot stallet. En radio står på och spelar musik på hög volym. Efter några minuter kommer Anna och går med ett grimskaft i handen. När hon får syn på dem blir hennes ansiktsuttryck stramt.

»Jaha, vad gör ni här?«, säger hon och tittar på Morgan.

»God morgon«, säger Anders. »Vi har några fler frågor«.

»Men jag har redan sagt allt«, säger Anna.

»Det har uppkommit lite nytt«, säger Morgan.

Anna svarar inte utan fortsätter att gå och öppnar en box dörr. Hästen stoppar snällt ned huvudet i grimman och Anna kan koppla på grimskaftet och ta ut den.

»Hästarna måste ut först. Ni får vänta«, säger hon och blänger på Morgan.

Efter cirka femton minuter är alla hästar ute i sina rasthagar och Anna kommer emot dem. Hon går in till fikarummet utan att säga något. Morgan och Anders går efter henne.

»Det är mycket jobb med att ha en gård med djur«, säger Anders.

»Vad menar du med det? Ska du också anklaga mig för att bo här ensam?«, säger hon.

Anders sätter upp båda händerna framför sig och förklarar att han inte alls menade så. Han menade bara att det är mycket jobb. Anna suckar och hela hennes väsen utger irritation.

Morgan drar ut en stol och sätter sig. »Okej, vi kör«, säger han. »Känner du någon i Ljusdal?«

»Ljusdal? Varför frågar du det?«, säger Anna.

»Vi frågar om sådant som är relevant för utredningen. Svara bara ja eller nej«, säger han.

»Jag har en del vänner där. Men de har inget med det här att göra«.

»Brukar du åka dit och handla också?«

»Handla? Nu får ni ge er. Jag svarar inte på fler frågor om ni inte kan berätta varför ni frågar«, säger hon.

Anders sätter på sig läsglasögonen. Tar fram sin mobiltelefon och öppnar upp appen bilder. Scrollar och hittar det han söker. Han förstorar bilden och lägger telefonen framför Anna.

»Känner du igen det här smycket?«, säger han.

Hon tittar snabbt och svarar lite för fort. »Nej. Varför skulle jag göra det?«.

Morgan som studerat hennes kroppsspråk när hon fick se bilden förstår att hon känner igen det. De båda poliserna sitter tysta och tittar på henne i några minuter innan Morgan öppnar munnen.

»Okej, men då vet vi. Då får vi tacka för dagens besök. Vi kan komma att höra av oss igen. Bra om du håller dig i närheten«.

De går ut från fikarummet, utom Anna som sitter kvar. Hon

säger inget, bara stirrar framför sig. Det har helt slutat snöa när de kommer ut till bilen. Det börjar spricka upp på himlen och man kan skymta lite blått bakom alla moln. Morgan startar bilen och de kör tillbaka till stationen.

23.

AVA

Ett gnissel hörs och Ava förstår att någon öppnar dörren till matkällaren. Den friska luften utifrån letar sig in i springan under innerdörren. Hon tar ett djupt andetag och fyller lungorna. Handtaget trycks ned och in kommer en svartklädd person. Lite mindre än den som tog med henne dit. Men det här är inte kvinnan från igår kväll. En bricka ställs precis innanför dörren. Doften av varm choklad gör henne hungrig. Hon vet inte hur mycket klockan är, men det har gått ett bra tag sedan hon åt senast. En banan ligger på brickan bredvid koppen. Den har brunt skal och är mjuk. Hon tar en tugga och det är den godaste banan hon ätit. Chokladen är het och bränner i halsen men hon dricker den i ett svep.

Med frisk luft i lungorna, värmande dryck och lite kolhydrater har hon fått ny energi och direkt fortsätter hon med sin grävning. Trots värkande armar och kropp gräver hon. Utefter vad hon tror är en yttervägg verkar det vara fuktigt. Hon känner med handen och hela väggen är blöt. Då borde det gå lättare att gräva där. Hon skrapar lite på väggen och märker att den inte alls är av jord. Det är betongblock. Kanske räcker det med att gräva en halv meter ned och sedan gräva en gång under väggen? När hon kommit en bit ned måste armarna få vila. En liten tupplur och sedan på det igen.

Men först måste hon kissa. Det finns ingen hink vad hon kan se. Men eftersom det är jordgolv bestämmer hon sig för att sätta sig i ett hörn och göra sina behov där. Kisset kommer ändå att sjunka ned i golvet. Värre är det om hon måste göra nummer två.

Hon drar ned byxorna och sätter sig på huk. Vad var det? Ett skrapljud. Kanske en mus. Åh nej. Någonting springer snabbt förbi henne. Hon drar upp byxorna igen, skriker till och blundar, men när hon tittar upp är det läskiga djuret borta, men skräcken är kvar. Tänk om hela matkällaren är full av dem? Då hör hon ett nytt skrapljud. Men det här gången kraftigare. Ljudet går sedan över till dova knackningar. En mus kan väl inte knacka? Med det högra pekfingrets knoge knackar hon försiktigt tillbaka. Det dröjer inte länge förrän hon åter hör knackningar.

»Hallå! Är det någon där?«, säger hon.

Inget svar. Med ledsen min går hon tillbaka till sin bräda och börjar gräva igen.

VALERIA

Valeria vaknar upp och inser att hon inte är hemma. Det är mörkt, kallt och trångt. Benen är bortdomnade och det värker i huvudet. Hon sträcker ut den ena armen för att känna efter eftersom hon inte ser något. Hjärtklappningen börjar komma och med det svettningar och illamående. Det trycker över bröstet men hon vet att det är hennes ångesthjärna som tar över och hon blundar och försöker tänka på något annat. Trycket lättar men det är fortfarande svårt att andas. Hon försöker framkalla minnen vad det var som hände. Varför hon ligger där hon ligger. Men hon minns bara att hon var på jobbet och sedan är allt svart.

Hon drar sig sakta upp och sätter örat mot väggen för att försöka lokalisera var hon är. Svag som hon är faller hon tillbaka och tar emot sig med armbågen, som skrapas mot väggen och börjar blöda. Ljud hörs på andra sidan väggen. Ungefär som att någon gräver. Efter en stund tystnar det. Försiktigt tar hon ena handen och knackar på väggen. Det tar bara några sekunder sedan hör hon knackningar tillbaka.

En svag röst hörs. »Hallå! Är det någon där?«

Valeria ska precis svara när hon likt en marionettdocka som fått strängarna avklippta sjunker ihop och svimmar av. Hon vaknar upp av att någon tar på hennes handled. Hon är helt orörlig men hör röster alldeles intill henne.

»Kolla pulsen. Lever hon?«

»Ja, ja«.

Det är två personer. En kvinnlig röst som pratar om pulsen. Sedan verkar det vara en man. Men det är svårt att avgöra. Bara otydliga jakanden. När de känt på hennes handled är det någon av de två som känner på hennes hals.

»Jodå, hon har puls. Vi låter henne vara nu. Ställ in brickan«, säger kvinnan.

Mannen ställer in en bricka och båda två går sedan ut och stänger dörren. Efter att ha legat helt stilla en stund börjar medvetandet komma tillbaka. Hon drar sig sakta upp till sittande. Det är kolsvart och hon ser inte vad som finns på brickan. Hon böjer sig fram och luktar samt stäcker ut armen och försöker känna. En smörgås med prickig korv. En flaska med någon slags dryck. Det luktar inget av drycken men hon tar en klunk, och känner att det är coca cola. Strupen längtar efter vätska. Hela flaskan rinner ned som att det vore ett vattenfall. En läsk har aldrig varit så god som nu. Hon lutar sig tillbaka och tar ett bett av mackan. Då hörs ett dovt »hallå« igen. Valeria sväljer tuggan och ropar »hallå« så kraftfullt hon kan.

Från andra sidan väggen kan hon urskilja »Är det någon där? Vem är du?«.

»Jag heter Valeria. Är det du Ava?«, säger hon.

»Hur kan du veta att jag är här? Vem är du Valeria?«, säger Ava.

»Jag är polis och vi letar efter dig. Vi kommer att hjälpa dig. Försök bara att…..«

Valeria avbryts när någon öppnar dörren till utrymmet där hon befinner sig. Ingen säger något och eftersom det är mörkt kan hon heller inte se personen. Det skramlar lite och brickan som korvmackan låg på tas ut och dörren stängs. Hon kan höra gnisslet av att en annan dörr i närheten öppnas och stängs lika snabbt sedan blir det helt tyst.

AVA

Det skramlar och en nyckel sätts i dörrlåset och vredet vrids om. Ava slutar gräva och gömmer undan brädan bakom sig. Hon sitter helt stilla med ryggen lutad mot väggen. Någon kommer in och tar ut brickan med den tomma muggen och bananskalet. Skyndar sig sedan att stänga dörren och låsa. Efter en liten stund hör hon den där rösten genom väggen igen. Valerias röst.

»Ava. Hör du mig? Är du där?«

»Ja, jag är här«, säger hon.

»Vi har letat efter dig. Kommer du ihåg vad som hände?«, säger Valeria.

»Jag var ute och sprang. Någon frågade efter vägen minns jag. Men sen. En skugga i ögonvrån, sedan är allt svart«.

»Okej. Men vet du var du är nu?«

»Nej jag vaknade upp här. Har försökt se ut genom fönstret, men det är endast buskar man ser«.

»Hmm. Men ta det lugnt. De kommer att hitta oss«, säger Valeria.

»Vi har i alla fall varandra nu«, säger hon lugnande.

»Mmm«, mumlar Ava. »Jag har hittat en bräda som jag gräver med«, säger hon.

»En bräda? Vad bra. Försök att spara på krafterna bara«, säger Valeria. »Vi pratar mer sedan«.

24.

När de kommer fram till polisstationen hissar Morgan ned sidorutan på bilen för att kunna sträcka sig ut och dra sitt passerkort till garaget. Efter lite gnissel öppnar sig porten och de kan köra ned.

»Kanske dags att smörja den där«, säger Anders.

»Ja, man vet inte, rätt vad det är kanske porten faller över bilen. Men det är mycket som skulle må bra av lite omvårdnad här i garaget«, säger Morgan. »Porten är ju för faan stenålders«.

Morgan parkerar bilen på sin plats och tillsammans går de upp mot avdelningen. Under tystnad går de in till konferensrummet och tar en kopp kaffe. De tar sedan med sig sin kopp och går in till respektive arbetsplats och slår sig ned. När Leo ser Anders tar han av sig hörlurarna och berättar att han ringt Mikaela för att boka en tid med henne för att ställa några fler frågor upplysningsvis.

»Hon är bara hemma, så vi kan åka när som«, säger han.

»Är det okej om vi tar det efter lunch?«, säger Anders. »Tänkte gå ned till thaistället och käka lite. Ska du med förresten?«.

»Nej, jag har låda«, säger Leo.

»Okej, men vi sticker när jag är tillbaka då«.

Anders går förbi Morgan och kollar med honom om han vill följa med på lunch. Men han ska gå i väg till korvkiosken bredvid stationen. Anders förklarar att han och Leo ska hälsa på Mikaela efter lunch.

»Gör det ni. Jag tänkte kolla upp lite mera om Anna och vännerna i Ljusdal«, säger Morgan.

Anders tar sin jacka och krycka och haltar i väg. När han kommer ut från stationen snöar det lätt men det är bara några få minusgrader. Han fäller ut brodden på kryckan, tar ett djupt andetag och drar in luften i lungorna. Det är cirka en halv kilometer till restaurangen.

Precis när han börjat gå kommer en bekant till honom tillsammans med sin son.

»Anders? Vad trevligt att stöta på dig«, säger han.

»Krister. Det var inte igår«, säger Anders.

»Så du jobbar kvar i statlig tjänst?«, säger Krister och skrattar.

»Jo du, än blir de inte av med mig«.

»Är du på väg ut på lunch?«, säger Krister.

»Det stämmer. Tänkte besöka thairestaurangen runt hörnet«.

»Men då kanske jag och pojken kan hänga på. Vi skulle precis leta något bra ställe att luncha på«.

»Jajjemen. Det vore trevligt«, säger Anders.

När de är framme vid restaurangen beställer dem. Uppdaterar sig om vad som hänt sedan de sist sågs. De kommer fram till att tiden rusar i väg och det är två år sedan de träffades. Krister berättar om sitt jobb på Arbetsförmedlingen. De får bara mer och mer att göra, men det blir aldrig mera personal. Anders säger att det är ungefär lika inom Polisen.

»Det dras ned på personal. Men folk slutar inte att begå brott. Tur man är gammal för en vet inte vart detta ska sluta«, säger Anders.

»Jag hörde om morden i Jättendal«, säger Krister.

»Hemskt att något sådant händer. Och med så unga människor«, säger Anders. »Men nu pratar vi om någonting trevligare«.

Lunchen flyter på och de inser att det gått över en timme. De bestämmer att det inte får gå två år till innan de ses. Kristers son som är döv, har suttit lugnt och ätit. När de reser sig upp gör han några tecken mot sin pappa. Bland annat ett som Anders tycker sig känna igen.

»Vad säger han nu?«, säger Anders.

»Jo han säger: ska vi gå hem nu pappa?«, säger Krister.

»Tycker mig känna igen det sista. Pappa. Hur gör man det tecknet?«

Krister gör tecknet som betyder pappa. Han förklarar att han för pekfingret från pappan, i en båge ned till hakan.

»Tecknet«, utbrister Anders. »Det är pappa det betyder. Jag, jag, måste rusa. Vi hörs«.

Med kryckan i ena handen nästan småspringer han mot polisstationen. Benen trummar på som aldrig förr. När han kommer fram blippar han sitt kort, rycker upp dörren och tar trapporna i vartannat steg. Väl inne på avdelningen viker sig det onda benet och han faller. Huvudet slår i golvet och han grimaserar. Leo och Morgan kommer rusande.

»Vad i all sin dar är det som händer?«, säger Morgan.

Leo går fram till Anders och sträcker ut armen. Han tar tag i den och Leo drar honom upp till sittande.

»Pappa. Det betyder pappa«, säger Anders.

»Vad betyder pappa?«, säger Leo.

»Tecknet. Tecknet på flickorna. Och smycket. Det betyder pappa«.

»Vad menar du?«, säger Morgan.

»Det är teckenspråk. Ordet pappa gör man genom att föra pekfingret nedåt mot hakan i en båge. På flickorna var det ritat ett rakt streck i pannan, en både nedåt med en pil. Mördaren är döv, eller i vart fall kan han teckenspråk«, säger Anders. »Det handlar också om att flickorna saknar pappa«.

»Du är ett geni!!!!«, skriker Morgan.

»Jag ringer sjukhuset och hör efter om det finns någon döv man i Jättendal. Det finns det säkerligen. Vet inte om de har något register på det. Men vi måste börja någonstans. Vi kan inte bara sitta och vänta«, säger Leo. »Just det. Mikaela. Åker ni dit?«

»Vi sticker direkt. Om du är okej«, säger Morgan till Anders.

»Ska bara sätta mig ned med en kopp kaffe först. Ge mig tio minuter«.

Anders sjunker ned i stolen bredvid automaten. Han kliar sig i huvudet. Tar sedan en stor klunk kaffe och blundar. När han suttit i några minuter reser han sig upp och haltar i väg. Pannan rynkar sig och minen är ansträngd.

»Då åker vi«, ropar han till Morgan. »Finns ingen anledning att vänta«.

»Hämtar bilen och plockar upp dig utanför«, säger Morgan.

På vägen hem till Mikaela provar de att ringa Valeria igen. Men telefonsvararen slår på direkt.

»Faan, tänk om något hänt henne. Vi tar en tur förbi hennes lägenhet när vi åker hem från Mikaela«, säger Anders. »Hon kanske bara ligger sjuk med en urladdad telefon? Och har glömt att sjukanmäla sig?«.

När de kommer fram till Djupegatan har de turen att en av besöksparkeringarna är lediga. När de parkerat tar Morgan fram lappen med portkoden och skriver in den i sin telefon. Framme vid porten ska han precis knappa in den när en äldre dam öppnar dörren och de kan gå in. De tackar och tar trapporna upp till Mikaela. Anders knackar lite lätt med pekfingerknogen. Det är helt tyst inifrån lägenheten. Morgan ringer på ringklockan. Inget händer.

»Men vad fan. Hon skulle vara hemma«, säger han

Någon öppnar porten och de hör steg i trappan. Upp kommer Mikaela och ser förvånad ut.

»Är ni här?«, säger hon.

»Vår kollega ringde dig i morse om du kommer ihåg? Och nu är vi här«, säger Morgan.

»Ja jag vet, men vi bestämde ingen tid. Har varit på Ica och handlat lite eftersom det var helt tomt i kylskåpet. Jag orkar ingenting längre«, säger hon och börjar gråta.

Anders försöker trösta henne och efter ett tag blir hon lugnare och börjar andas som vanligt igen. Något ramlar ut ur hennes ficka. Hon böjer sig snabbt ned och stoppar tillbaka det.

»Vad var det?«, säger Morgan.

»Äsch. Det är bara cigaretter. Jag har egentligen slutat. Men de senaste dagarna har jag inte mått bra. Då lugnar cigaretterna lite«, säger hon.

»Rosa Blend?«, säger Morgan och spänner fast henne med blicken.

»Ja, de är inte så starka«.

Ingen av de två poliserna kommenterar. I stället frågar de om det är okej att komma in och prata. Mikaela visar in dem och de går till köket och sätter sig.

»Vi har några kompletterande frågor«, säger Anders.

»Men jag har redan sagt allt jag vet«, säger Mikaela.

Morgan öppnar munnen och säger: »Känner du någon i Ljusdal?«.

»Ljusdal? Nej det tror jag inte. Varför undrar ni det?«

Ingen av de svarar. I stället visar Anders fotot på fotlänken han har i telefonen.

»Känner du igen det här?«, säger han.

Hon tittar länge. Biter på naglarna och flackar med blicken.

»Nej«, säger hon tveksamt. »Alltså det är lite bekant. Men jag kan inte säga var jag sett det. Jag tror inte jag sett själva smycket. Men känner av någon anledning igen berlocken. Tecknet liksom«.

»Känner du till någon Gurra? Kanske någon som Julia pratat om?«, säger Anders.

»Gurra. Näe, det tror jag inte«, säger hon. »Eller ja, Gurra vet jag inte men brukar man inte kallas det när man heter Gustav? I så fall kände jag för många år sedan en som heter Gustav. Men vad har det med Julia att göra?«.

»Vad heter den här Gustav i efternamn? Kommer du ihåg det?«, säger Anders.

»Ja. Viktorinder«, säger Mikaela.

»Du vet inte var vi kan få tag på denna Gustav Viktorinder?«, säger Morgan.

»Vet ingen adress. Men han kanske bor kvar i Jättendal. Vi hängde lite innan. Då bodde han där«, säger hon.

»Är han döv?«

»Döv, nej varför tror du det?«, säger Mikaela.

»Tack för den här informationen. Du har hjälpt oss mycket idag«, säger Anders. »Hör av dig om du kommer på något mera«.

Med ett leende på läpparna går de båda poliserna ut till bilen. När de precis har satt sig tittar Morgan på Anders och knyter näven i axelhöjd framför sig samtidigt som han säger »Yes«.

»Gustav Viktorinder«, säger Anders. »Där har vi vår G V«.

25.

När Anders och Morgan är tillbaka på stationen är den första de möter van der Krafft.

»Hej. Jag söker Valeria. Vet ni var hon är?«, säger Krafft.

»Nej vi har inte hört något från henne sedan igår. Hon svarar inte i telefonen heller«, säger Morgan.

»Okej. Ni har inte varit hemma hos henne?«, säger Krafft.

»Nej. Men när du säger det vore det nog ingen dum idé. Jag har hennes extranyckel kvar sedan jag slaggade på hennes bäddsoffa några nätter. Vi kan väl göra så att vi svänger förbi senare. Vi har en del nya uppgifter om fallet vi måste ta tag i först«, säger Anders.

»Jaså«, säger Krafft. »Vad är det för uppgifter?«.

»Vi kanske vet vem G.V är. Julias mamma kände en kille tidigare som heter Gustav Viktorinder, som då bodde i Jättendal. Vem vet, kanske han bor kvar?«

»Men hur kan han kopplas samman med flickorna? Det är väl långsökt ändå?«, säger Krafft.

»Kanske, men det är det enda vi har att gå på. Har du kanske fått fram andra uppgifter?«, säger Morgan. Krafft hinner inte ens öppna munnen innan Morgan är på väg bort. Anders har redan gått in till sig och slagit sig ned vid skrivbordet. Han slår på datorn. När han loggat in dyker ett gult kuvert upp längst ned på aktivitetsfältet. Efter att ha klickat på det startar programmet outlook upp och han konstaterar att det har inkommit sju nya mejl. Två av dem åker direkt i papperskorgen utan att de öppnas. Avsändaren har någon konstig mejladress. Förmodligen virus. Han klickar på det översta mejlet med avsändare Atle Assarsson. Adressen är @ hasthagen.solgard.se. Det är föreståndaren på behandlingshemmet. Han skummar igenom mejlet och förstår att han måste ringa Atle.

Anders läser även igenom de andra mejlen. Det är mest bara informationsmejl från polisledningen, om diverse utbildningar och annat trams. Morgan kommer in och berättar att han tyvärr inte hittat någon Gustav Viktorinder i Jättendal, men att det finns en i Gnarp. Viktorinder verkar inte vara ett vanligt efternamn.

»Går in till mig och ringer. Kanske kan vi få till en dejt med den här killen«, säger Morgan.

Anders tar fram sin telefon ur jackfickan och knappar in Atles direktnummer som finns i mejlet. Efter fem signaler kopplas samtalet fram.

»Ja du har kommit till Atle Assarsson på Hästhagens Solgård. Vad kan jag hjälpa dig med?«

»God morgon. Det här är Anders Ersboda, Polisen Hudiksvall«.

»God morgon. Såg du mitt mejl?«.

»Ja det är därför jag ringer«, säger Anders.

Atle berättar för Anders att han har varit i kontakt med Stinas far.

»Tyvärr är han inne i missbrukssvängen igen och bor på gatan. Stinas mor nyttjar mestadels alkohol och bor kvar i deras gemensamma lägenhet. Men det han berättade är i alla fall att han har ingen koppling till Jättendal. Summa summarum, kan jag nog inte hjälpa er så mycket mera«.

Anders tackar för att han ändå har försökt hjälpa dem. Han masserar sina tinningar och med en uppgiven min lutar han sig tillbaka i stolen och blundar. Leo kommer in till honom och berättar att han inte fått något napp på döva personer i Nordanstig.

»Det finns tyvärr inget register på det som sjukvården kan lämna ut. Om vi däremot har ett namn på en misstänkt, då kan de lämna ut information«, säger han.

»Vi borde åka till Gnarp och fråga runt om det är någon som känner till en man som heter Gustav, och är döv«, säger Anders.

De hör Morgan ropa högt att ingen svarar på numret han ringt. De går in till Morgan och säger i kör: »Vi åker dit«.

Alla tre går ut till bilen som står parkerad invid polishuset. I samförstånd bestämmer de att innan de åker mot Gnarp, ska de svänga förbi hos Valeria. När de svänger in på gårdsplanen tittar Leo upp mot hennes lägenhet. Gardinerna är fördragna. Har de tur är hon därinne och bara har en dålig dag.

»Jag kan springa upp«, säger Leo.

Anders tar fram nyckeln som han har liggande i plånbokens myntfack. Han förmanar Leo att knacka på först och ropa hallå i brevinkastet. Inte låsa upp dörren och gå in innan han gjort det. Leo tar emot nyckeln och springer upp. Framme vid Valerias lägenhet bankar han ordentligt på dörren och ropar »Är du där Miss Marple? Det är Leo. Kan jag komma in?«. Inget svar så han sätter nyckeln i låset och vrider om. Det är mörkt inne i lägenheten och det luktar instängt. Han går in till köket. Ingen där. I vardagsrummet lyser det i fönstren. På bordet ligger något han tycker sig ha sett förut. Det är manschettknappar i guld med en symbol av en blixt. Är det inte sådana som van der Krafft har? Han kliar sig i huvudet och går vidare. Sovrummet är tomt och han kan konstatera att Valeria inte är där. Något måste ha hänt. Han går ut, låser dörren och springer ned för trapporna. När han närmar sig bilen ruskar han på huvudet och gör en uppgiven gest med båda händerna.

»Nej, hon är inte där. Något måste ha hänt«, säger han. Att han sett lika manschettknappar som Krafft har, säger han inget om. Just nu i alla fall. GPS:en är inställd på Gustav Viktorinders adress. Det ska enligt den ta cirka fyrtio minuter till målet. När de är framme i Gnarp och ska svänga av E4:an är det vägarbete. Det finns ingen annan väg så det är bara att vänta. På en skylt kan man läsa att längre fram är det trafiksignal och att man ska invänta lots.

»Jag tänker på Valeria«, säger Anders. »Det kanske är läge att kontakta hennes mamma och höra efter om hon hört något«.

»Men har du numret då?«, säger Morgan.

»Nej. Men vi vet i alla fall vad hon heter. Det finns ju internet«, säger Anders och blinkar med ena ögat mot Leo.

»Leo, du kan väl söka på Mari Carmen Ek, Hudiksvall«, säger Anders.

Han skriver in hennes namn på hitta.se. Ett telefonnummer dyker upp och han läser det högt för Anders som ringer upp mamman. Efter fyra signaler svarar hon.

»Hola, Mari Carmen«.

»Hej. Det här är Anders Ersboda. Kollega till…«.

»Ahhh Anders. Valerias trevliga kollega«, säger hon. Anders hinner inte prata klart förrän han blir avbruten.

»Hur står det till med dig Mari Carmen?«, säger han.

»Bien, bien. Mucho bien. Har precis kommit fram till min väninna Jimena i Spanien. Behövde några dagar här. Är så fruktansvärt ensam«, säger hon.

»På så vis, förstår. Trevligt trevligt att du är där i alla fall. Jo det är så att vi söker Valeria. Har inte hört av henne idag och tänkte fråga om du pratat med henne«.

»Valeria? No no. Ringde henne i förrgår och berättade att jag tänkte ta några veckor i min hemstad och besöka vänner. Men sedan har vi inte pratat. Men vad har hänt?«.

»Vi vet inte om något har hänt, men hennes telefon är avslagen. Troligtvis bara urladdad om jag känner Valeria rätt. Men skulle behöva komma i kontakt med henne. Men vi ska inte störa dig där borta i España. Hon hör säker av sig snart«, säger Anders.

»Okej. Men lova att ni hör av er genast när ni har pratat med henne«, säger Mari Carmen.

»Det ska vi. Ha det så bra i Spanien och ta hand om dig«, säger Anders och klickar bort samtalet.

»Vad fan kan ha hänt henne?«, säger Morgan.

Ingen av de andra två svarar. I stället säger Leo: »Nu kommer lotsen. Äntligen är det vår tur«.

När GPS:en visar att de har fem hundra meter kvar till destinationen börjar Morgan bita på naglarna och ha svårt att sitta stilla. Anders masserar sina tinningar. Vid en liten stuga med gissningsvis endast två rum talar GPS:en om för de att de är framme. De skulle aldrig ha hittat dit utan. Det är mörkt i fönstren och bara en liten lampa på väggen bredvid ingången lyser. Stugan är utåt sett välskött. Målad med falu rödfärg och snickarglädje på vindskivor och runt fönstren. Leo är först framme och knackar på. Ingen öppnar och han kan inte höra något inifrån. Morgan vänder om och går till baksidan av huset. Där finns en bod av något slag. Kanske en snickarbod. Den har endast en dörr och ett litet fönster som inte är större än en ventil. En bit bort är marken lite upphöjd. Han går närmare och förstår att det är en matkällare. Leo och Anders kommer också. De ropar hallå men inte en levande varelse syns till. Morgan lägger märke till hjulspår. Dels från en bil, dels från ett mindre fordon med vagn. Han tänker genast på fyrhjulingen.

»Det verkar inte vara någon hemma«, säger Anders.

»Såklart. Vad hade du trott? Allt går som vanligt emot oss«, säger Morgan.

»Men vi kan väl åka tillbaka en bit på vägen? Där finns fler stugor. Kanske någon är hemma?«, säger Leo.

»Det här fallet ger oss bakslag på bakslag. Ingenting går framåt. Ett stort jävla misslyckande hela skiten. En ung flicka saknas fortfarande«, säger Morgan.

Hans ansikte rynkas ihop till en uppgiven grimas samtidigt går han med nedböjt huvud utan att säga något och sätter sig i bilen. Leo och Anders följer efter. Morgan startar bilen och backar. Cirka en halv kilometer efter vägen ligger två stugor till. Eftersom de ligger rätt så nära vägen parkerar de på sidan och går mot den första stugan. Det är inte skottat sedan det senaste snöfallet. Spår finns dock i snön när de kommer närmare. I köksfönstret står en man och inspekterar dem. Leo är först framme vid dörren men hinner inte knacka på förrän mannen öppnar. En äldre herre med rutig skjorta och Helly Hansen tröja. Långkalsonger och foppatofflor. På huvudet har han en keps som det står Volvo på. Ett riktigt original.

»Jaha, är det försäljare ska jag inte ha nåt«, säger han.

Leo som står på det översta trappsteget tar fram sin polisbricka och presenterar sig. Han presenterar även sina kollegor.

»Ja ja. Har de hänt nåt då?«, säger mannen.

Morgan öppnar munnen och säger: »Vi besökte din granne, som tyvärr inte verkar vara hemma. Gustav Viktorinder. Vet du möjligen var vi kan hitta honom?«.

Mannen skrockar och säger: »Vi pratar inte. Men vet att han jobber i stan«.

»Pratar ni inte? Varför det? När du säger stan, menar du i Hudiksvall då?«, säger Morgan.

»Ja inte har jag nå å säga han e. Han håller sig på sin kant han. Jag vet han jobber i Hudiksvall men inte vet jag var norst«, säger mannen.

»Men han är hemma på kvällarna?«

»Jo jo, det ska han vara. Det brukar vara en bil här ibland å på dagarna. Gustav har ingen bil. Han åker fyrhjuling eller moped till byn, sen tar han bussen. Men den här bilen, den brukar vara här mitt på dan. Har inte sett vem som kör. Men tror dä är nån lita jänta«.

»Jänta säger du? En tjej alltså?«, säger Morgan.

»Ja är oklart egentligen för jag har aldrig sett na hemma där, för det blir liksom inte naturligt att gå förbi där eftersom det är sista stugan efter vägen. Men kanske han friar med na?«.

»På så vis. Men du ska ha tack för informationen. Ta hand om dig«, säger Morgan.

Anders och Leo tackar också och säger Hej då.

Morgans ansikte har nu fått lite färg. Och den där uppgivna grimasen är som bortblåst. Med sina som vanligt snabba steg tar han riktning mot bilen. Leo inväntar Anders som av förklarliga skäl rör sig lite långsammare.

»Om han inte svarar i telefonen senare, åker vi dit i morgon igen, men då lite senare på kvällen«, säger Morgan.

26.

Valeria försöker stå upp och sedan röra sig. Hon är 168 centimeter lång, men måste ändå huka sig. Utrymmet är cirka fyra stora steg åt ett håll och fem stora steg åt det andra. Ryggen värker och hon går de få steg fram och tillbaka för att hålla kroppen i gång. Hon har försökt få kontakt med Ava igen vid flera tillfällen. Men inga ljud hörs längre. Det är så tyst att man kan ta på tystnaden. Tankarna på att vara ensam och instängd kommer tillbaka. Det som absolut aldrig får hända har hänt. Alla timmar hos psykologen och alla nätter hon frusit på grund av öppna fönster, allt det jobb hon lagt ned för att klara av att leva, är som bortblåst. Hon kallsvettas och skakar. Andningen blir tyngre och hon tror helt ärligt att hon ska dö. Hon blundar hårt och äntligen hör hon ljud. Steg som kommer emot hennes dörr. Handtaget trycks ned och en svartklädd person ungefär i hennes längd med balaklava kommer in. Personen tar tag i hennes arm och släpar henne bryskt ut och öppnar en annan dörr. Knuffar sedan in henne i ett lika mörkt utrymme, dock större, och låser dörren.

Valeria kravlar sig upp och känner något mjukt och varmt med ena handen. Hon rycker snabbt åt sig den och blinkar några gånger för att försöka se vad det är. Då får hon syn på en arm. Genast tar hon tar i den och skakar och förstår att det är Ava.

»Ava, vakna«, säger hon. »Det är Valeria«.

Flickan rör sig inte. Hon tar sin högra hand och lägger två fingrar mot halsen. Samtidigt lägger hon ena örat mot hennes mun och känner då att flickan andas. Med båda händerna ruskar hon om henne. Efter några sekunder slår hon upp ögonen och säger med svag röst: »Valeria?«

Valeria vänder sig om och försöker känna efter något, vad som helst, att ge flickan att dricka. Ingenting mer än några gamla potatislådor finns i den fuktiga jordkällaren. Då kommer hon på att gå längs väggarna och känna efter om det finns någon fukt. Den ena väggen är blöt nedtill, men inte så pass mycket att det ger någon vätska att dricka.

»Är du törstig?«, säger Valeria.

»Jag klarar mig. Tänker man inte på det brukar det gå bra«, säger Ava. »Hur länge har jag varit här? Har ingen aning om tid och rum. Men de första dagarna var jag i ett bättre rum. Med ett pyttelitet fönster, och tapeter.«.

»Du försvann den 15 november. Man blir lite osäker på dagarna när man är i ett mörkt utrymme. Men det borde vara den 22 november idag. Så en vecka då«, säger Valeria. »Vi har varit så oroliga för dig. Men nu måste jag komma på något sätt att få ut oss«.

»Brädan«, säger Ava. »Jag har grävt ett stort hål med den. Jag tänkte om man kan försöka gräva sig ut«.

»Hmm, jovisst, det kan man säkert. Frågan är hur lång tid det skulle ta?«, säger Valeria. »Men man kan faktiskt använda brädan till något annat också«, säger hon.

»Jaha, vad menar du då?«

»Tänkte att någon gång när de kommer in med mat till oss. Då kan en av oss ligga och sova medan den andra drämmer till med brädan bakifrån på den som kommer in. För det kommer ju sällan in båda två«, säger Valeria.

»Då får du vara den som drämmer till«, säger Ava och skrattar. »Det är något bekant med kvinnans röst. Tycker att jag känner igen den. Men kan inte placera den«, säger Ava.

»Känner du en tjej som heter Anna och som jobbade en tid som elevassistent på din skola?«, säger Valeria.

»Jag är osäker. Det var en tjej som pratade mycket med mig och två andra flickor på skolan. Men kommer inte ihåg vad hon heter«.

»Okej, jag förstår. Men tror du att det är samma röst som du hört här?«

»Oj, det vet jag faktiskt inte. Det kan vara det. Eller inte«.

Ögonen har nu vant sig lite vid mörkret och Valeria kan se Ava bättre. Hon är smutsig och har rivmärken på armarna, men ser ändå ut att vara vid gott mod. De kommer överens om att vid nästa matleverans ska Ava ligga en bit in i rummet och sova. Valeria ska försöka gömma sig precis innanför dörren och när de kommer med matbrickan, ska hon slå till med brädan bakifrån. Får de bara bort en gör det inte så mycket om den andra är utanför. Då är de två mot en. Eftersom det är så mörkt där nere och inte finns något fönster, har de ingen aning om det är dag eller natt. De fortsätter sitt samtal om hur de ska övermanna sina fångvaktare. Samtalet avbryts dock av att fotsteg hörs. Ava tar plats en bit in i rummet och ligger med ryggen vänd mot dörren. Valeria greppar brädan samtidigt som hon smyger fram till sidan av dörren och ställer sig så tätt hon kan mot väggen.

Låsvredet vrids om och dörrhandtaget trycks ned. Dörren öppnas sakta och in kommer mycket riktigt en person med en matbricka. Det står två skålar på den och han tar ett steg fram och ställer ned brickan. Personen tittar på Ava och precis när han ska resa sig upp och vända sig om tar Valeria sats med brädan och slår så hårt hon kan. Han vinglar till och faller framåt. Landar precis på Avas ben. Hon sparkar sig loss och tillsammans springer de ut ur rummet och uppför trappan. Det är mörkt även där och Ava trampar snett på ett trappsteg och faller. Valeria som håller hårt i hennes hand dras med i fallet och tillsammans rullar de ned. Ava tar emot sig med handen. Tyngden från hennes kropp och Valeria som landar på Avas ben gör att det knakar till i fotleden och en fruktansvärd smärta uppstår nästan genast. Hon kan inte hejda sig utan skriket som kommer får väggarna att dallra. Av ren ilska skriker hon sedan ut »HELVETE!!«

Valeria reser sig upp. Fotleden är öm men troligtvis är det en stukning. Hon tar sig mot nacken och rör samtidigt på huvudet fram och tillbaka. Lite stel, men ingen fara. En del av trappsteget gick sönder och drogs med ned när de föll. Hon tar av sig skjortan hon har utanpå t shirten och drar sönder ena ärmen.

»Ava, tror du att din fotled bröts?«

»Jag kan inte röra den«, säger hon med gråten i halsen.

»Om vi ska kunna fortsätta måste vi fixera din fotled«, säger Valeria.

Hon sjunker ned vid Ava. Tar fram den lilla träbiten från trappsteget. Placerar den på utsidan av Avas ben. Lindar sedan runt skjortärmen hårt.

»Prova nu. Res dig upp och känn efter om du kan stödja på benet«, säger hon.

Ava reser sig sakta upp och tar ett trevande steg framåt. Det verkar fungera. Hon tar ett steg i taget uppför trappan. Valeria går bakom henne och håller en hand mot hennes rygg. När Ava kommit upp trycker hon ned dörrhandtaget och det visar sig att dörren inte är låst. Hon öppnar dörren i hopp om att nu äntligen är de fria. Men dörren leder in till en liten hall. Där finns en till dörr.

27.

23 november

Det har nu gått över en vecka sedan Ava försvann. Hennes mamma är utom sig av oro och eftersom polisen inte har hört av sig ringer hon numret till Valeria som hon fick tidigare. Inga signaler går fram. Mobilsvar slår på direkt. Märkligt. Ska de inte ha telefonerna påslagna? Vad är det här för polisarbete? I stället ringer hon 114 14 som går till polisens växel. Efter cirka femton minuters kötid blir hon kopplad till grova brotts chef Gunilla Niklasson. Hon förklarar sin oro för Gunilla och säger att hon upplever det som att ingenting händer.

»Vi har fått in lite nya uppslag nu«, säger Gunilla. »Men det är tyvärr inget vi kan gå ut med för tillfället«.

»Så jag ska bara sitta här och vänta? Är det vad ni menar?«

»Vi jobbar på från alla håll och kollar upp alla tips vi får in. Mer kan vi inte göra. Det bästa du kan göra är att vara hemma ifall Ava dyker upp«, säger Gunilla.

»Det har gått mer än en vecka nu. Och jag förväntar mig att få höra något snart«, säger hon och slänger på luren.

Gunilla tittar på sin telefon och inser att hon lade på. Klockan är kvart över åtta och de andra borde ha kommit in nu. Hon går ut i korridoren och möts av Anders som haltar fram med sin följeslagare kryckan.

»Där är du. Jag var precis på väg till dig«, säger han. Innan Gunilla hinner säga något fortsätter han. »Du vet att vi varit hem till den förmodade G V igår. Morgan och Leo ska ta sig en tur dit i eftermiddag igen. Enligt en granne jobbar han på dagarna och det är ingen idé att åka dit då. Vi tror att det här kan vara G V så vi är i behov av att få en husrannsakningsorder. Pratar du med Krafft och fixar en sådan?«

»Går in till mig och ringer honom på direkten«, säger Gunilla. »Förresten, har ni hört något från Valeria«.

»Ingenting. Vi åkte förbi där igår. Hon är inte hemma i lägenheten. Ringde hennes mamma också. Men hon visste inget. Kommer hon inte in idag är det väl läge att efterlysa henne«.

Han går in till konferensrummet eftersom de ska gå igenom allt de har för tillfället. Innan de andra kommer organiserar han lite på tavlan där det mesta redan finns. Från bilden på Ava drar han ett streck och skriver. Besök hos G V, finns Ava där? När Morgan och Leo kommit in, tagit en kopp kaffe och satt sig, kommer Gunilla också. Hon tar till orda direkt.

»Husrannsakan hos Gustav Viktorinder finns på mitt skrivbord. Ta med den när ni åker. Om nu Gustav inte öppnar får vi ändå anta att han uppehåller sig där. Ni har då all rätt att gå in«, säger hon.

»Leo och jag åker dit efter klockan fyra«, säger Morgan. »Allt lutar åt att det är den här tjommen. Förresten Leo, kollade du upp vart han kan tänkas jobba?«.

»Tar tag i det nu direkt efter mötet. Ska kolla med mobiloperatörerna vart hans mobiltelefon befunnit sig vid flickornas försvinnande också«, säger Leo.

»Avas mamma kontaktade mig i morse. Hon mår inte alls bra och om det innebär att vi ska jobba dygnet runt nu för att hitta flickan. Då gör vi det«, säger Gunilla. »Och en sak till. Nu har tidningen fått nys om att det finns en till död flicka. Och sedan Missing people gick ut med att de söker Ava spekuleras det så klart om det är hon som hittats. Men kom ihåg att hänvisa till Peter. Vi ska inte under några omständigheter svara på frågor. Klart slut från mig«.

Alla går in till sig. Efter lite funderande vart han ska börja kommer Anders på att Valeria är kompis med Lizette, som jobbar i receptionen. Han slår en signal dit om det mot förmodan är så att hon har hört något från Valeria. Hon svarar på första signalen.

»Polisen Hudiksvall, vad kan jag hjälpa till med?«, säger hon.

»Hej! Det är Anders Ersboda, grova brott. Du har möjligtvis inte hört något från Valeria?«.

»Heej! Nej. Vadå har det hänt något?«.

»Vi har inte hört något från henne på ett dygn nu och när man ringer till henne möts man av mobilsvar. Vi har varit hemma hos henne också. Men hon är inte där«, säger Anders.

»Säg inte så, vad orolig jag blir. Men ring hennes mamma. Hon kanske vet«.

»Det har vi gjort. Hon har inte pratat med henne de senaste dagarna«.

»Hej då Gustav«, säger hon.

»Vad? Anders heter jag. Vem pratar du med?«, säger han.

»Äsch. Förlåt. Det var den nya garagekillen som gick för dagen. Han jobbar bara fram till lunch på torsdagar och fredagar. Trevlig men lite tyst«. Lizette skrattar. Det är tyst i telefonen så hon frågar Anders om han är kvar. Men det verkar som att han lagt på. Hon tänker inte mer på det, förrän hon ser Anders komma haltande borta vid hissarna.

»Vart tog han vägen?«, ropar Anders.

»Vem? Gustav? Han gick nog till bussen«, säger Lizette.

»Fan helvete jävla skit«, säger Anders.

»Alltså, nu hänger jag inte med. Vad händer?«

»Kan inte ta det nu tyvärr. Vet du möjligen vad den här Gustav heter i efternamn?«, säger Anders. Han vet redan svaret men han kan faktiskt ha fel.

»Mmm, vänta lite så ska jag kolla i telefonlistan«, säger Lizette. Hon klickar fram ett dokument i datorn och söker. »Viktorinder«, säger hon.

Anders vänder om och går mot hissarna utan att säga något. Kryckan kastar han med en sådan kraft att man kan tro att han är hulken. Armarna åker upp mot huvudet och han sliter sitt hår. Hur fan kunde vi vara så jävla dumma? Det verkar tomt på avdelningen när han kommer upp. Han skriker högt »Det är för helvete garagekillen. Han är på väg hem nu, vi måste åka dit«.

Morgan tittar ut från kontorsrummet. »Vad fan säger du?«.

Anders berättar lite lugnare vad han har fått veta. De bestämmer att Morgan och Leo åker dit om cirka en timme. Han är ändå inte hemma ännu. Anders fortsätter att förbanna sig över att de är usla som poliser och inte ens kan fatta en sådan sak som att det är han.

Han har betett sig lite konstigt, och aldrig riktigt pratat med dem. Men inte kunde man tänka sig det ändå.

»Okej, okej. Vi är usla skitstövlar, men för Avas skulle måste vi skärpa till oss. Leo och jag åker nu, så kan vi stanna till efter vägen och ta en snabb lunch«, säger Morgan och blir förvånad över att han ändå kan hålla lugnet.

Gunilla som suttit i telefonen men ändå hört vad som pågår, kommer ut i korridoren.

»Är det sant. Är det han?«, säger hon.

»Det är garagekillen som är Gustav Viktorinder. Men vi vet såklart inte till hundra procent om det är han som har Ava, och som dödat Julia och Stina«, säger Anders.

»Nej vi vet inte, men allt pekar på honom. Och hittar vi Ava där, då kan vi vara säkra på att Valeria också finns där«, säger Morgan.

Leo sammanstrålar med övriga ute i korridoren. Han berättar att Gustavs telefon kommer att spåras var den har varit. Men operatören hälsar att det kan ta en dag eller två.

»Tänkte käka lunch nu. Är det någon som ska med?«, säger han.

»Vi åker nu. Käkar på vägen«, säger Morgan.

»Nu. Men klockan är inte fyra ännu«, säger Leo.

»Men grabben vet ju inte. Han har ingen aning«, säger Anders.

Leo ser helt frågande ut och såklart fattar han ingenting. Anders förklarar för honom att de spårat Gustav. Att garagekillen heter Gustav Viktorinder och bor i Gnarp. Leo och Morgan ska åka dit nu, eftersom han slutat tidigare och redan är på väg hem. Leo gapar stort och spärrar upp ögonen. Efter en stunds tystnad säger han:

»Det omöjliga kan inte ha hänt, därför måste det omöjliga trots allt vara möjligt«.

»Agatha Cristie?«, säger Morgan och skakar på huvudet. »Hämta din jacka så sticker vi«.

Innan de rullar ut ur staden svänger de in på Mc Donalds. Leo som är vegetarian funderar länge på vad han ska äta, men upptäcker efter ett tag att de har vegetariska burgare på menyn. De beställer och får maten nästan direkt. När de tagit plats vid ett bord går igenom hur de ska gå till väga när de kommer fram till Gustav. De kommer fram till att det bästa är att knacka på som vanligt och då förstås informera om varför de är där. Berätta att de fått uppgifter om att han är bekant med Julias mamma och att de vill fråga om han har några uppgifter.

»Ska vi bara säga så?«, säger Leo.

»Vi kommer på något. Vi måste säga att det handlar om flickorna. Har du ätit klart?«

Leo svarar inte, men reser sig upp, dricker upp det sista i läskburken och tar på sig jackan. När de kommer ut har det börjat snöa igen. Morgan öppnar bagageluckan, plockar fram sopborsten och börjar sopa av bilen. De rullar sedan mot Gnarp. Morgans telefon ringer. Eftersom den är uppkopplad till bilen svarar han och både han och Leo kan höra.

»Anders här. Telia ringde. Blev förvånad eftersom det kunde ta lite tid. Men de hade påskyndat ärendet eftersom det rör sig om eventuellt mord och människorov. Telefonen befann sig i hans hem i Gnarp«.

»Okej, men det bekräftar inte att han inte är mördaren«, säger Morgan.

»Nej, det är klart. Och han kan faktiskt ha en annan telefon också som han bär med sig vid speciella tillfällen«, säger Anders.

»Tack för informationen ändå. Vi är där om cirkus trettiofem minuter. Hör av oss när vi kan«, säger Morgan.

Snöfallet ökar och när de svänger in på den lilla vägen som går till Gustavs stuga är de tvungna att stanna bilen och Leo får gå ut för att ta av is från vindrutetorkarna. Precis när han ska sätta sig i bilen igen svischar en fyrhjuling förbi.

»Där är han«, säger Morgan. »Grannen sa att han åker fyrhjuling till och från bussen«.

»Då har vi honom. Kör sakta så han hinner parkera och komma in i stugan.«, säger Leo.

Fem minuter senare är de framme vid stugan. Fyrhjulingen står där och fönsterlampan i köket lyser. Morgan vänder bilen och backar in på gårdsplanen. Framme vid stugan finns det spår som leder inåt. Han borde därför vara därinne. Det finns en stor dörrklocka med kamera. Leo trycker på den. Inget ljud hörs men man kan se genom dörrens sidofönster att ett rött ljus blinkar. Ingen kommer och öppnar. Leo trycker ännu en gång. Morgan svär och säger att de ska gå in ändå. De har faktiskt husrannsakan. Då öppnas dörren och Gustav i garaget visar sig.

Han ler och visar dem in. »Jag känner igen er från jobbet«, säger han. »Varför är ni här?«

»Bor du själv här?«.

»Ja«.

»Vi är här för att ställa några frågor om några försvunna flickor. Känner du till dem?«, säger Leo.

»Jag har hört om en död flicka. Men vet inget«.

Morgan håller fram husrannsakningsordern och säger: »Vi ska göra en husrannsakan här. Ber dig att sitta ned här medan min kollega ser sig om«.

Gustav börjar klia sig på armarna och blicken flackar. Han reser sig upp och sätter sig igen. Leo lägger märke till att han sneglar mot det lilla bordet i hallen. Han går dit för att se efter vad som finns där. Rosa Blend. Leo frågar om han är röksugen.

»Ville bara veta vart cigaretterna ligger«, säger han.

Morgan kommer tillbaka ut till hallen och säger till Leo att han har hittat två mobiltelefoner. Annars är det inget speciellt. Ingen dator finns. Leo säger att de kommer att ta med sig mobiltelefonerna. Gustav nickar och blicken är frånvarande.

»Jag ringde Krafft också«, säger Morgan. »Vi plockar med Gustav in på förhör. Han beslutar sedan om vi ska anhålla honom. Det lutar väl åt det hållet för det är för mycket som talar emot«.

Leo säger att Gustav måste följa med in till stationen. Han reser sig upp och börjar klia sig på armarna igen. Svettdroppar börjar framträda i pannan. Leo går fram till kroken där Gustavs jacka hänger. Han tar den och ger den till honom. Tillsammans går de ut från stugan och sätter sig i bilens baksäte. Morgan har under tiden ringt Anders som skickat ut en patrull som ska hjälpa till att söka igenom de andra utrymmena på gården.

»Kollegorna åker i detta nu. Krafft väntar på oss«, säger Morgan.

»Perfekt«, säger Leo.

28.

Anders har under tiden kollegorna befunnit sig i Gnarp kollat upp Annas umgänge i Ljusdal. Hon har mycket riktigt två nära vänner som bor där. Hon har även besökt dem i början av november, och kan ha besökt guldsmeden då. Det är därför inte helt uteslutet att hon är kvinnan som köpte smycket. Han kommer också att tänka på samtalet med Julias pappa. Kanske han vet mer om Mikaelas samröre med Gustav. Anders tar fram sin mobiltelefon där han sparat ned alla nummer som är kopplade till utredningen. Erik Granhagen svarar efter två signaler. Han låter andfådd så Anders presenterar sig och förklarar sitt ärende, men frågar också om han stör? Om han är ute och springer? Efter en stunds tystnad säger han:»Nej då, mycket på jobbet bara. Om jag känner till någon Gustav? När du säger det berättade hon faktiskt om en kille som hon dejtat lite under tonåren. Han hette fan Gustav. Hon tyckte synd om honom för han var så ensam, så de hänge lite ibland. Det var han som lurade på henne cigg. Sedan kom hon aldrig bort ifrån det. Men det funkade inte med honom i längden. Han hade haft någon sjukdom. Vet inte vad det var men han drog sig undan folk. Det var säkert något psykiskt. Så det funkade inte med honom. Tragiskt egentligen. Ja, det är vad jag vet«, säger han.

»Men du vet inte om han hade något samröre med Julia«, säger Anders.

»Nej, ingen aning. Det kan jag aldrig tänka mig«, säger han.

»Tack för att jag fick ringa och störa dig lite. Tack för hjälpen«.

»Det var så lite. Jag kommer upp till Hudiksvall om några veckor. Med tung röst säger han:»Begravningen du vet. Så om det är något mer finns jag på plats«, säger han.

Anders klickar bort samtalet samtidigt som Gunilla kommer in till honom.

»Jag såg i kameran att de är här nu. Går du ned och tar emot? Krafft är på ingång också«, säger hon.

»Ja jag går ned«, säger han.

Inne i arrestlokalen är det rätt lugnt. Arrestvakterna sitter inne i vaktkuren efter att ha gått sin runda med fikavagnen. Han morsar på dem genom glaset och går i väg mot intaget. Dörren öppnas och in kommer Morgan, Leo och Gustav. De leder fram Gustav till förhörsrummet där van der Krafft redan tagit plats.

»Vem sköter förhöret? Det räcker väl med att två av oss sitter där«, säger Anders.

»Jajjemen«, säger Morgan. »Krafft och jag kan väl ta det«.

»Förresten«, säger Anders. Med tyst nästan viskande röst fortsätter han »Ringde upp Julias pappa. Han hade faktiskt lite med information om Mikaela. Tydligen kände han till en Gustav som Mikaela hängt lite med som tonåring«. Han sätter handen vid sidan om munnen och lutar sig fram mot Morgans öra. Samtidigt viskar han »det var något skumt med honom redan då. Något psykiskt trodde han«.

»Okej. Bra att veta inför förhöret«, säger Morgan. »Advokat då? Det har vi missat«.

»Nej, Krafft skickade en begäran till domstolen direkt när ni gripit Gustav, så advokat är på väg«.

»Lysande«, säger Morgan

Inom loppet av en minut knackar det på dörren till förhörsrummet.

»Hallå, hallå«, säger advokaten. »Verner Bokstam här. Jag behöver få prata med min klient i enrum innan vi inleder förhöret«.

»Visst. Abslout det har ni rätt till. Ska vi säga att vi börjar kvart i?«

»Så gör vi. Vi kanske kan sitta kvar här?«,

Morgan tittar på Krafft och säger: »Vi tar en fika uppe på avdelningen så länge«.

När klockan är tjugo i fyra tar de trappan ned till arresten. Morgan knackar försiktigt på dörren till förhörsrummet och får svar att de kan komma in. De tar plats mitt emot Gustav och advokaten. Morgan trycker i gång inspelningsutrustningen och inleder förhöret.

Kriminalassistent Morgan Haglund inleder förhör med Gustav Viktorinder. Närvarande vid förhöret är också förundersökningsledare åklagare Mikko van der Krafft, samt advokat Verner Bokstam. Klockan är kvart i fyra den 23 november 2023«.

»Stämmer det att du heter Gustav Viktorinder och är född 740122, är ensamstående och bor i Gnarp?«, säger Morgan.

Gustav nickar och säger tyst »Ja, det stämmer«.

Förhöret fortsätter sedan. Morgan ställer frågan om vart Gustav befann sig natten mot den 16 november. Han svarar att han alltid är hemma på natten och går till sängs prick klockan tio. Morgan frågar om det finns någon som kan intyga det varpå Gustav svarar att det inte finns det men att det är sant.

På frågan om vart han jobbar säger han kort att han jobbar här, i polisgaraget. Han får också frågor om eventuella flickvänner men svarar att han inte har någon.

»Känner du någon vid namn Anna?«, säger Morgan.

Blicken blir suddig och Gustav börjar klia sig på armarna. Efter ett tag ruskar han frenetiskt på huvudet.

»Så du känner ingen Anna?«, fortsätter Morgan.

»Nej«.

»Känner du till att två flickor hittats döda och en flicka är försvunnen?«.

»Död. Ja«.

»Okej. Jag förstår. Röker du?«

»Ja«.

»Vilket märke?«

»Rosa Blend«.

»Har du någon fyrhjuling med vagn?«

»Ja«.

»Då har vi inte fler frågor just nu. Åklagare Mikko van der Krafft här beslutar om du ska anhållas och om det är så kommer vi sedan fortsätta förhöret. Vi avslutar härmed detta förhör. Klockan är tio minuter över fyra«, säger Morgan och trycker av inspelningen.

Han reser sig sedan och går fram till Gustav. Tar tag i hans arm och leder ut honom till arrestpersonalen som tar över och visar honom en stol han kan sitta på. Morgan går sedan tillbaka till Krafft som överlägger med sig själv och säger: »Vet såklart inte om han gjort något. Men han är jävligt misstänkt. Jag anhåller honom. Meddela arrestpersonalen att de visiterar honom och sätter in honom i en cell så länge«.

»Okej«, säger Morgan. Han går sedan ut och berättar för Gustav vad som ska hända.

Leo som varit med under förhöret från ett annat rum passar på att gå in till förhörsrummet när Krafft är där ensam. Han känner att han måste fråga om manschettknapparna. »Visst har du manschettknappar med blixtar på?«

»Öhh, hur så?«, säger Krafft.

»Äh jag tror jag vet var de finns. Om du saknar dem«.

Kraffts haka ramlar ned och han är helt stum. Leo ler med hela ansiktet och går upp till avdelningen. Han går in till Morgan som sitter vid skrivbordet och plockar lite.

»Det är en enda röra allting. I väntan på att vi hör något från kollegorna som är i Gnarp gör jag ett försök att organisera«, säger han.

Det slutar med att han tar alla papper och lägger i en enda stor hög sedan går han och hämtar en kopp kaffe.

29.

Ava och Valeria sjunker ihop utmattade framför dörren.
»Vi skulle ha haft något vasst. Så vi kan försöka få upp dörrlåset«, säger Valeria.
Hon får inget svar. Avas blick är dimmig och hon svettas.
»Hur är det? Har du mycket ont i foten?«, säger Valeria.
»Har ingen känsel i den. Tror den har gått av«.
Ingen av dem rör sig eller säger något på en lång stund. Valerias hjärna går på högvarv tills hon till slut sjunker ihop och sluter ögonen.
»Vad tror du? Här är det spår. Titta, det ser ut som en gammal matkällare«, säger en röst.
Valeria blir klarvaken och börjar banka och slå så hårt hon kan. Hon ropar hallå, men rösten bär inte.
»Lyssna. Det är någon som bankar på matkällarens dörr«, säger samma röst.
Valeria ropar med den starkaste stämman hon kan uppbringa.
»Vi är här. Ava och Valeria«.
Det dröjer inte länge förrän de är framme vid dörren.
»Passa er för dörren«, ropar rösten. Men en kraftig spark åker dörren upp och Ava och Valeria kastar sig ut. De två poliserna lutar sig fram över dem för att kontrollera att de verkar okej.
»Valeria. Är det du? Hur länge har du varit här?«, säger den ena kollegan.
»Behöver låna en telefon och ringa Anders«, säger Valeria och hyperventilerar.
De ser att Avas ena fot inte verkar som den ska eftersom den pekar åt helt fel håll. En av poliserna ringer ambulans medan den andra går och hämtar filtar i polisbilen.

»Sitt bara lugnt här. Vi fixar det«, säger polisen med filtarna.

»Men jag kan inte andas«, säger Valeria samtidigt som hon försöker ta långa andetag. Svetten tränger fram i hennes ansikte trots minusgrader. Hon skakar men går fram till Ava för att hålla henne varm. Polisen som ringt ambulans kommer tillbaka med två vattenflaskor. Han räcker fram dem till Ava och Valeria och de är så törstiga att de knappt får upp korken. Ambulans är på väg och polisen frågar om de kan ta sig till bilen för att sitta och vänta där. Ava kan inte gå. Men med stöd av de båda poliserna tar hon sig till slut till bilen. Valeria börjar återfå en lugnare andning och färgen i ansiktet kommer tillbaka. Hon får låna en mobilladdare för att ladda upp sin telefon. Den vaknar till efter några minuter och det piper till flera gånger för att berätta om missade samtal och flera sms. Hon ringer upp Avas mamma och meddelar att Ava efter omständigheterna mår bra, men att hon kommer att transporteras till Hudiksvalls sjukhus. Avas mamma som förmodligen är i chock säger ingenting. Valeria kan ändå höra att hon är kvar eftersom hon andas. Efter en stunds tystnad säger hon gråtande: »Gode gud lilla flicka. Jag åker direkt«.

Valeria funderar på hur hon kunde komma hit och vad han ville med att göra så här. Men hon har inget minne alls. Det dyker dock upp ett minne från innan hon gick ned till garaget, kvällen hon blev kidnappad.

Hon säger till kollegorna: »När jag lutade mig framåt i bilen för att hämta mössan ser jag en skugga i ögonvrån. Sedan får jag en plastsäck över huvudet och allt svartnar«.

En av poliserna svarar viskande till henne att det är Gustav Viktorinder som bor här. Han jobbar i polisens garage. De tror att han är gärningsmannen.

»Garagekillen? Är det han?«, säger Valeria.

»De tror det«, säger polisen.

Under tiden Valeria pratar med en av sina kollegor ringer den andre upp Anders. Han svarar på första signalen.

»Absolut, det ska vi göra. Har ni ringt ambulans? Bra vi åker nu«.

»Vad händer?«, säger Leo

»De har hittat Ava. Och Valeria. De lever. MORGAN, DE LEVER«, ropar Anders.

Morgan kommer springande och Anders förklarar att kollegorna ringde. De lever men är medtagna. Ambulans är ditkallad. »Vi åker dit nu«, säger Anders.

»Bilen står kvar i arrestintaget. Jag kör«, säger Morgan.

Tjugo minuter senare lyser två starka strålkastare upp Gustavs gårdsplan. Det är ambulansen som kommer och ur kliver två ambulansjukvårdare med en bår. De har fått information om Avas fot och hjälper henne att lägga sig där.

»Jag behöver inte åka med. Jag mår fint«, säger Valeria.

»Du behöver ändå följa med för en undersökning. Om det visar sig att du är okej, kan du åka hem«, säger den ena ambulanssjukvårdaren.

En till bil rullar in på gården. Det är Anders, Morgan och Leo. Valeria blir så glad att se dem så hon rusar fram så fort hon kan och kastar sig om Anders hals.

»Jag trodde inte jag skulle få se er mera. Men jag måste åka med ambulansen nu. Vi ses sen«, säger hon. Återigen kommer det över henne att hon varit inlåst och hon får svårt att andas.

Anders berättar att han skickat tekniker till platsen och att kollegorna i yttre tjänst kan åka därifrån. De stänger till matkällarens dörr och tar fram avspärrningsband som de sätter vid ingången innan de åker hemåt.

»Så det var den här jäveln som hade dem ändå. Fy faan«, säger Morgan.

»Klockan åtta i morgon bitti ska en advokat vara på plats. Då förhör vi honom. Nu åker vi hem. Kan ändå inte göra något nu«.

*

På sjukhuset röntgas Avas fot och de visar sig mycket riktigt att den är av. Hennes mamma gråter och säger: »Men den gipsas väl? Kommer hon att kunna gå igen?«

»Hon kommer att opereras i morgon och gipsas. När benbrottet läkts ihop kommer hon att kunna gå som vanligt«, säger läkaren.

Läkaren tar sedan mamman åt sidan och säger tyst: »Foten kommer att bli bra. Oroa dig inte. Vi är mer oroliga för flickans psykiska måendo. Hon har ändå varit inlåst i över en vecka. Rekommenderar att hon får prata med vår kurator några gånger framöver«.

»Självklart«, säger mamman. »Vad som helst för att Ava ska bli helt återställd«.

»Du ska få kontaktuppgifter till vår kurator, så att ni själva kan boka tid«, säger läkaren.

Mamman gråter hela tiden men nickar mot läkaren. Hon säger sedan: »Tack, mina tårar är glädjetårar«.

»Ha det bra nu«, säger läkaren. »Ber sköterskorna att ställa in en till säng i hennes rum. Så kan du vara med henne hela tiden«.

Valeria ligger i ett annat rum. Hon har blivit undersökt men man kan inte se några yttre skador.

»Du har stukat en fot. Vi ser till att du får ett stadigt bandage. Men du måste ändå stanna över natten för observation«, säger en sjuksköterska.

»Hela natten?«, säger Valeria.

»Vi vet inte om du fick hjärnskakning när ni föll nedför trappan. Det kan komma efter. Just nu är du chockad, och fylld med adrenalin. Enligt dina kollegor drabbades du av en kraftig panikångestattack också när de hittade dig. Man kan även se att du är uttorkad. Du får ligga med dropp i någon timme, så kommer du att må bättre«, säger sjuksköterskan

»Men, jag mår bra«, säger Valeria. Sjuksköterskan säger inget. Hon tar fram ett stadigt bandage och lindar om hennes fotled. När det är gjort ler hon mot Valeria och säger: »Vila nu«. Samtidigt klappar hon försiktigt om hennes axel och går ut.

Anders ringer och frågar om han ska skjutsa hem henne. Valeria blir glad trots att hon inte bor så långt ifrån sjukhuset.

»Måste vara kvar tills i morgon«, säger Valeria.

»Det blir väl bra? Ett sådant här trauma kan komma efter«, säger Anders. »Vi hörs i morgon«.

Valeria ringer på larmet som hänger i en sladd ovanför hennes huvud. En sköterska kommer in och frågar om hon kan hjälpa till med något.

»Vill titta till Ava«, säger Valeria.

»Men du måste vila«, säger sköterskan.

»Du kan väl köra mig? Det borde finnas rullstolar här?«

Efter att ha funderat i någon minut går hon ut ur Valerias rum. Kommer snabbt tillbaka leende med en rullstol.

»Vet inte hur jag ska ta mig ur detta. Bäst att köra dig«.

Inne hos Ava sitter hennes mamma i en fåtölj. Hon blundar men tittar upp när hon ser att någon kommer in i rummet.

»Vi ville bara titta till dig«, säger Valeria.

Ava ler men säger inget. »Hon har fått mycket smärtstillande«, säger mamman. »Jag stannar här med henne i natt. I morgon opereras hon och kan förhoppningsvis åka hem senare på dagen«.

»Det låter väl bra. Vi hör av oss om någon dag när du fått landa hemma«, säger Valeria.

Valeria reser sig försiktigt från rullstolen. Hon sträcker sig över Ava och ger henne en kram. Hon viskar till henne »Vi klarade det. Var stark nu«.

När Valeria är på sitt rum ringer mobiltelefonen igen. Det är Anders som berättar att förhöret i morgon börjar klockan nio.

»Kommer till det«, säger hon.

»Vad? Du är på sjukhuset. Ta det nu lugnt så sköter vi det«, säger Anders.

»Jag ska vara med. Börja inte utan mig«, säger Valeria.

Hon klickar bort samtalet och sluter ögonen. Mobiltelefonen ringer igen så hon tar upp den och ser i displayen att det är Krafft. Hon trycker på svara men säger inget.

»Valeria? Jag har varit så fruktansvärt orolig. Hur mår du?«, säger han.

»Det är okej. Lite trött bara«.

»Vill du ha sällskap?«, säger han.

»Är kvar på sjukhuset. Hörs i morgon«.

»Ringer dig i morgon. Puss«.

30.

24 november.
Valeria vaknar upp på sjukhuset. Huvudet dunkar och yrseln tränger sig på. Hur ska hon klara av förhöret. Hon biter ihop och reser sig upp i sängen. Efter att ha känt efter ett tag vrider hon båda benen över sängkanten och ställer sig upp. Droppet är bortkopplat och hon tar några steg mot toaletten. Det känns ändå rätt bra. Efter att ha kissat och borstat tänderna ser hon sig i spegeln och säger högt:»Jag ska minsann också ska vara med på förhöret. Jag mår bra nu och det sista jag vill är att missa detta«.
En sköterska kommer inrusande och frågar vem hon pratar med.
»Äsch, ingen. Bara min spegelbild«, säger hon och går tillbaka till sängen.
»Det är frukost nu. Efter det kommer läkaren och kontrollerar att allt verkar bra. Så får du åka hem sedan«, säger sköterskan.
Kvart över åtta har hon ätit frukost och klätt på sig. Håret är uppsatt i en stram knut. Hon går ut från rummet och håller koll att ingen ser henne. När hon passerat genom avdelningens dörrar tar hon upp sin mobiltelefon och knappar in Anders nummer. Han svarar på första signalen.
»Vill du har skjuts?«
»Jag går ned till entrén och väntar på dig«.
Valeria struntar i läkaren. Hon ska vara med på förhöret och tänker att hon kan åka till sjukhuset i eftermiddag så kan läkaren se att allt är okej. Fem i nio parkerar Anders utanför polishuset och han och Valeria skyndar in.
»Du får hålla dig i avlyssningsrummet«, säger han.
»Helvete heller. Jag ska se honom i ögonen«.

»Nej. Van der Krafft och Morgan sköter förhöret. Vi andra lyssnar«.

Med nedböjt huvud går hon snällt in i avlyssningsrummet och tar plats framför skrivbordet.

Inne i förhörsrummet är nästan alla på plats. Gustav, advokaten, Morgan, och en minut i åtta kommer van der Krafft inrusande.

»Då är alla på plats«, säger Morgan och tittar på sitt armbandsur. »Nu slår jag på inspelningen. Jag själv Morgan Haglund är förhörsledare och åklagare Mikko van der Krafft är förundersökningsledare. Åtalad är Gustav Viktorinder, och med under förhöret är även hans advokat Verner Bokstam. Klockan är fem över nio den 24 november 2023. Förhöret kan börja. Gustav, vart befann du dig natten mot den 16 november 2023?«.

Gustav svarar inte utan stirrar ned i bordet. Morgan naglar fast honom med blicken och säger. »Hallå, hör du mig?«.

Gustav svarar fortfarande inte. Advokaten viskar något till honom och efter några sekunder berättare han som i tidigare förhör att han var hemma och att han alltid sover prick klockan tio.

»Du menar att du inte var ute och åkte fyrhjuling den natten?«, säger Morgan.

»Jag sov«, säger Gustav med hög röst.

»Om jag säger så här då, natten mot den 22 november. Var du hemma då också?«

»Ja«.

»Du bor i Gnarp, bortanför Haddäng, eller hur?«

»Jo«.

»Du bor själv, men har du någon flickvän? Eller någon som hälsar på dig ibland?«

»Näe. Ingen«.

»Vet du vem Valeria är?«.

»Valeria? Du menar hon som jobbar här? Brukar se henne i garaget«.

»Du har inte sett henne på någon annan plats?«

»Nej!«

»Vad konstigt för vi hittade henne i en gammal matkällare på din gård. Vad har du att säga om det?«.

Svetten rinner nedför Gustavs panna. Han börjar klia sig på armarna och vrider sig i stolen. Han tittar på sin advokat och ruskar på huvudet. Sedan säger han: »Vet ingenting«. Han börjar samtidigt gunga fram och tillbaka på stolen samtidigt som blicken blir suddig och upprepat säger han: »Förstår du? Ville bara hjälpa. Förstår du? Förstår du? Rökning dödar, rökning dödar. Det står så på paketet«.

Gustav mumlar tyst något till sin advokat som säger: »Går det bra om vi får en minut ensamma?«.

Morgan och Krafft ger varandra jakande blickar. Morgan säger för inspelningens skull att de tar en paus och klockan är halv tio. De går sedan ut till arrestlokalen.

»Vi ger dem fem minuter«, säger Krafft.

»Då hinner jag gå på toa. Hann inte det i morse«, säger Morgan.

När han kommer tillbaka går de tillsammans in till förhörsrummet. Gustav är rödflammig i ansiktet och på bröstet. Morgan startar inspelningen och säger »Klockan är nu fem över halv tio och förhöret kan fortsätta«.

»Vi vill gärna att du berättar om dig själv«, säger Krafft.

Gustav tittar på advokaten som nickar. Han berättar sedan att han har varit ensam till stor del i sitt vuxna liv och att han har svårt med det sociala. Han ger advokaten en blick och fortsätter sedan berätta om när han var i tidiga tonåren och hade kontakt med en flicka.

»Tyckte mycket om henne och vi kom bra överens. Det rann ut i sanden. Förra sommaren när jag befann mig på Sörfjärdens camping, köpte jag glass i kiosken. När jag skulle beställa höll jag på att ramla baklänges när jag fick syn på flickan i kassan. Hon var en exakt kopia av Mikaela, som är den flickan jag umgicks med som tonåring. Det var två tjejer som jobbade i glasskiosken. Kunde inte släppa dem. Sedan åkte jag till campingen varje dag och köpte glass.«

»Vet du vad de här flickorna heter?«, säger Morgan.

»Ja. Julia och Stina«, säger Gustav och fortsätter: »Men jag har inte dödat dem. Gillade dem. Jag fick ett sådant band till dem. De var lätta att prata med. De berättade att de inte hade någon pappa och skämtade med mig att han kunde ju vara deras pappa. Jag blev glad. Min dotter dog när hon var fem år. Och så berättade Julia att hennes mamma heter Mikaela. Då förstod jag att det var min Mikaelas dotter«.

»Så du har haft en dotter? Var är mamman?«, säger Morgan.

»Hon stack när Amalia dog«.

»Beklagar. När hände det här?«

»Tio år sedan«.

»Vad hände?«, säger Morgan.

Gustav blir tyst och ögonen blir glansiga. Efter någon minut säger han: »Amalia var sjuk. Hon hade en hjärntumör. Hon fick den som tvååring. Den spred sig sedan och slog ut hennes hörsel. Behandlingen verkade ändå hjälpa. Men när hon precis fyllt fem. Då orkade inte hennes lilla kropp mer«.

»Så fruktansvärt tråkigt att höra«, säger Morgan samtidigt som han får tårar i ögonen. »Vill du ta en paus? Eller kan vi fortsätta?«

»Vi fortsätter«, säger Gustav.

»Vi påträffade inte bara Valeria hos dig. Vad har du att säga om det?«

»Vet inte«.

»Berätta mer om när du fick kontakt med Julia och Stina?«, säger Krafft.

Gustav tar ett djupt andetag. Han börjar klia sig på armarna igen och harklar sig. Till slut lossnar det och han berättar: »Efter några veckor när jag hade varit där varje dag och köpt glass, var de plötsligt bara borta. När hösten kom och jag fick nytt jobb i polisgaraget, stötte jag på Stina på bussen till Hudiksvall. Det här kanske var i oktober. Hon hade med sig en kompis som jag inte kände igen. Jag satt i sätet bakom den här kompisen. Försökte hänga med i deras samtal. Kompisen hade inte heller någon pappa, så de pratade mycket om det. Då fick jag en idé. Jag tänkte att jag kan ta hand om dem. På något sätt skulle jag även leta rätt på Julia. Först tog jag hand om Stina. Efter att jag tagit hem henne ångrade jag mig. För hon hade en pappa. Även om han inte brydde sig om henne. Men det kändes fel. Släppte ut henne. Hittade henne några timmar senare bakom huset. Då hade hon tagit en överdos. Lastade upp henne på fyrhjulingen och åkte i väg en bit. Försökte sedan hitta en bra plats, där någon kunde hitta henne«.

»Vad hände sedan?«, säger Morgan.

»Jag åkte hem«.
»Men efter det? Berätta om Julia?«.
»Julia. Hon var så fin. Förstår du? Ville ta hand om, hjälpa. Förstår du?«.
»Fortsätt«, säger Morgan.
»En dag när jag hittat Julias adress stod jag utanför hennes hus. Hon var på väg mot bussen till Jättendal. Jag gick några meter bakom och hon lade inte märke till mig. Väl på bussen satte jag mig några säten bakom, och när hon steg av, följde jag efter«.

Han blir tyst igen och och försvinner bort. Han lutar sig sedan mot advokaten och viskar något i hans öra. Varpå advokaten meddelar att Gustav gärna vill berätta vad som exakt har hänt och att han är oskyldig till flickornas död. Men han vill berätta allt. Utan att bli avbruten. Han orkar inte längre bära detta inom sig.

»Ta den tid du behöver. Vi lyssnar«, säger Morgan.

Gustav berättar att han förberett sig med en ögonbindel i fickan. Precis när Julia kom in i ett skogsparti tog han tag i henne och satte på henne ögonbindeln. Hon kämpade emot först, men han gav henne ett slag i bakhuvudet, så att hon föll ihop. Han visste att hon skulle vara medvetslös ett tag så han lade henne bakom en stor gran och tog bussen till Gnarp för att hämta fyrhjulingen. När han var tillbaka med fyrhjuling och vagn hade hon börjat vakna till. Han slog till henne igen och lastade upp henne på vagnen. Han hade gjort i ordning ett rum i sin källare. Rummet var tapetserat med samma tapeter som i Amalias rum. Allt gick i rosa. Av någon anledning stack hon men han kom i kapp. Hon föll så illa att hon dog. Han gråter hejdlöst, men fortsätter.

»Jag lastade upp henne på fyrhjulingen och körde henne till Mellanfjärden. Där hittade jag en bra plats. Ville att hon skulle bli hittad«. Han blir återigen tyst och tittar ned i bordet.

»Men gjorde du allt detta själv? Ingen hjälpte dig?«, säger Morgan.

»Nej«.

»Anna då?«.

Efter en lång tystnad berättar Gustav: »Av en händelse hade jag lärt känna Anna. När Julia dött visste jag inte vad jag skulle ta mig till. Jag kontaktade Anna som kom till platsen. Hon ringde sedan in till Polisen och sa att hon hittat kroppen«.

»Förstår«.

»Vi undrar lite över ett smycke Stina hade runt fotleden?«, säger Morgan

»Det fick hon av mig. Tecknet betyder pappa. På teckenspråk«, säger Gustav.

»Och samma tecken fanns i Julias ansikte. Målade du det?«

»Ja«.

»Tack, då kan du fortsätta«.

»Jag visste att den här flickan Ava tränade löpning. En kväll när hon var ute skickade jag fram Anna för att fråga efter vägen? Ava kände igen henne eftersom Anna jobbat på deras skola. Ava hann inte ge någon vägbeskrivning förrän Anna stack in en spruta med midazolam«.

»Midazolam? Vad är det? Och varför ville Anna vara med på det här?«, säger Krafft.

»Något man blir lugn och sömnig av. Anna hade inte heller någon pappa. Hon ville hjälpa mig för att jag är ensam. Samtidigt som hon ville hjälpa och ta hand om flickorna«.

»Okej vi tar en paus nu. Klockan är fem i halv elva. Vi kör i gång klockan kvart i elva«, säger Morgan.

Morgan och Krafft går in i avlyssningsrummet för att prata med de andra.

»Men alltså. Ni måste fråga mer om Ava. Och varför kidnappade han mig?«, säger Valeria.

»Du har inte heller någon pappa«, säger Anders och tittar på henne.

»Nej. Men hur kan han veta det?«.

»Jag går upp till avdelningen en snabbis«, säger Morgan. »Kollegorna i yttre tjänst har åkt för att hämta in Anna. Kanske ni kan ta emot dem när de kommer?«.

»Det fixar vi«, säger Anders.

När klockan visar tjugo i elva går Morgan och Krafft ned till arresten igen och tar plats i förhörsrummet. Gustav och advokaten kommer också in.

»Då fortsätter vi förhöret«, säger Morgan. »Klockan är nu kvart i elva den 24 november 2023. Vi fortsätter förhöret med den tilltalade Gustav Viktorinder. Förhörsledare Morgan Haglund, förundersökningsledare åklagare Mikko van der Krafft och advokat Verner Bokstam.

»Gustav, varför kidnappade du Valeria?«, säger Morgan.

»Hon har ingen pappa. Behövde ta hand om. Förstår du?«.

»Men du känner inte henne? Vad vet du om hennes föräldrar?«.

»Känner inte henne, men vet hon inte har någon pappa«.

»Förstår du att du är misstänkt för mord och människorov?«, säger Morgan.

»Jag dödade inte Stina«

»Nej det kanske du inte gjorde. Men du dödade Julia«.

»Men det var inte jag. Det var hon«. Han börjar vagga fram och tillbaka i stolen samtidigt som han säger: »Ville ta hand om. Skydda. Inte döda. Hon ramlade. Rökning dödar, förstår du?«.

»Vad har rökning med detta att göra?«

»Jag röker, nu kommer jag dö«.

Ännu en gång börjar hans kropp vagga fram och tillbaka. Morgan viskar till Krafft att han verkar ha hamnat i någon slags psykos. Han väntar några minuter tills Gustav börjar lugna sig, sedan säger han: »Förstår du att ta hand om någon är inte att låsa in någon? Vi har inte fler frågor för tillfället. Åklagaren kommer nu att begära dig häktad, då du är på sannolika skäl misstänkt för människorov och mord. Förhöret avslutas, klockan är halv tolv«.

Gustav leds ut till arrestpersonalen som för in honom i cellen. Morgan följer med advokaten ut, samtidigt som han säger till de andra att de kan äta lunch nu innan Anna kommer in.

31.

När poliserna parkerar på Annas gård kommer inte ens hunden Rune och möter dem. Det letar igenom stallet och går sedan fram till huset och knackar på. Ingen öppnar så de går runt huset, kikar in i alla skrymslen och byggnader som finns och ropar hallå. Ingen Anna. Efter att ha gått ett varv runt kommer Anna ut och frågar vad fan de håller på med. Hon berättar att hon är sjuk och behöver få vara ifred.

»Tyvärr lilla vän. Det går inte«, säger en av poliserna. »Du måste följa med oss. Har du någon vän som kan ta hand om djuren? Vi kan inte garantera att du kommer hem, i kväll i alla fall«.

Anna går mot stallet med en väldig fart. På väggen innanför dörren hänger en liten whiteboardtavla där två telefonnummer är uppskrivna. Ett går till veterinären och det andra till någon Linda. Hon ringer Lindas nummer och säger några få ord till henne. Hon klickar sedan bort samtalet och håller fram båda händerna mot poliserna.

»Du behöver inte ha handfängsel. Följ bara med oss lugnt till bilen. Vi behöver åka in till stationen och ställa några frågor upplysningsvis«, säger den av poliserna som pratade tidigare.

Resan tillbaka till stationen är så tyst så att man kan ta på tystnaden. Femton minuter senare är de framme. De kör sakta fram mot porten till arrestintaget. Dörren öppnas eftersom Valeria sett dem i kameran. Innan de kliver ur bilen är de noga med att porten är stängd. Leo som också suttit med i avlyssningsrummet går fram till baksätet och hjälper Anna att öppna dörren. Han följer sedan med henne in till förhörsrummet. Morgan och Krafft sitter och väntar. När Anna kliver innanför dörren ber de henne sätta sig ned för ett första förhör.

»Eftersom detta är ett förhör upplysningsvis spelar vi inte in. Men vi antecknar allt du säger«, säger Morgan.

»Men jag vill att ni spelar in. Jag vill ha ett slut på det här«, säger Anna. »Men jag vill ha en advokat«.

Krafft säger till henne att han ringer tingsrätten direkt och ber dem skicka en advokat. Han förklarar samtidigt för henne att hon kommer att få sitta ute i arrestintaget och vänta. Morgan följer henne dit och ber arrestvakterna att sitta ner med henne.

När de väntat en halvtimme kommer en advokat inrusande till arresten. Hon går fram till Anna och presenterar sig som Ebba Kleveland. Hon ber Morgan att de ska få sitta enskilt några minuter innan förhöret börjar. Tillsammans gå de in till förhörsrummet.

»Vi kör i gång klockan ett«, säger Morgan.

När klockan är en minut över ett sitter de samlade i förhörsrummet. Morgan, Mikko, Anna och advokaten.

»Detta är ett första förhör med Anna Linné. Klockan är en minut över ett den 24 november. I förhörsrummet finns förutom Anna, polisassistent och förhörsledare Morgan Haglund, förundersökningsledare åklagaren Mikko van der Krafft och advokat Ebba Kleveland«.

»Är det något du vill berätta Anna?«, säger Morgan.

»Jag vill berätta allt. Står inte ut längre«.

»Okej, berätta«.

Anna berättar att hon träffade Gustav på Sörfjärdens Camping i Gnarp, i juni i år. Förstod att han var lite speciell, men de fick ett fint band. De pratade mycket om att de saknade sina pappor. Gustavs mamma var också död. Men han pratade mest om sin pappa. Han berättade att han kände några flickor som var i samma situation som oss. Hans önskan var att ta hand om dem och skydda dem. Anna sa till honom att det skulle kännas bra att göra något för dem. När hon sedan började på Bromangymnasiet förstod hon vilka flickor han pratade om. Hon försökte prata mycket med dem och skapa förtroende.

»Varför dödade han Julia?«, säger Morgan.

»Det var inte meningen. Jag visste inte att han hade henne då. Det fick jag reda på när han ringde mig. Men då var det för sent. Hon var redan död. Men hon ramlade«, säger Anna.

»Guldsmycket runt Stinas fotled då?«

»Jag åkte till Ljusdal i början av november. Gustav hade beställt det smycket. Jag bara hämtade det och sedan skulle han ge det till Stina«.

»Förstår du att du är medskyldig till människorov? Enligt 1 § i brottsbalken kan du dömas till fängelse i lägst fyra och högst arton år. I värsta fall på livstid«, säger Morgan.

»Men det var inte meningen«, säger Anna och gråter.

»Det är det vi måste ta ställning till«.

Anna hyperventilerar och gråter så inga ord går att urskilja.

»Vi pausar förhöret. Klockan är halv två«, säger Morgan.

Han tittar sedan på Krafft som tyst säger halv tre.

»Vi fortsätter förhöret halv tre«, säger Morgan och blickar upp mot advokaten som nickar till svar.

Advokaten leder Anna ut till arresten. van der Krafft kommer emot dem och meddelar Anna att även om förhöret inte är klart har han nu beslutat att hon är anhållen.

Krafft går förbi avlyssningsrummet och ser att Valeria är ensam. Han viskar till henne: »Ses sen?«.

»Vi får se. Förhöret med Anna kan ta hela kvällen i värsta fall«, säger hon.

»Hörs sedan då«, säger han.

Valeria går upp till avdelningen. Hon sätter sig vid skrivbordet, tar fram block och penna och skriver ned allt de har fått fram. Allt Gustav och Anna hittills har berättat, stämmer överens. Det hon inte förstår är hur han kan veta att även hon saknar pappa. Men det är sekundärt. Huvudsaken är att fallet blir löst och att åtminstone en av tjejerna lever. Men om Gustav är här nu, och Anna är på väg. Vem sjutton var det hon drämde till med den där plankan. Snabbt springer hon in till Anders som också gått upp till avdelningen.

»Det finns en tredje gärningsperson. En som jag slog till med en planka och låste in i matkällaren. Han hade jag glömt«.

»Vad? En tredje person?«, säger han.

»Ja. Någon måste åka dit. Han ligger i utrymmet längst in«, säger Valeria.

»Teknikerna är på väg dit för att söka igenom alla utrymmen. Ringer Ossian och meddelar det«, säger Anders.

Klockan halv tre ska förhöret med Anna fortsätta. Klockan är kvart över två. Det finns gott om tid att hämta en kopp kaffe och andas ut. Hon går in till konferensrummet och kaffeautomaten. När hon öppnar dörren är Gunilla därinne, med en av aspiranterna.

»Jaså? Är ni här inne?«, säger hon. »Tänkte ta en kopp kaffe, men tar det sen«.

Hon struntar i kaffet, stänger dörren och går med raska steg mot arrestlokalen. Innan hon hinner fram kommer Gunilla småspringande.

»Valeria, vänta«, säger hon.

Valeria stannar och vänder sig om. Andfådd börjar Gunilla att förklara sig. Hon säger att det har varit dåligt mellan henne och Gösta ett tag. Förmodligen för att hon egentligen gillar tjejer. Valeria funderar ett tag men säger sedan: »Alltså, vem du gillar spelar ingen som helst roll. Alla har rätt att älska vem man vill. Men sköt det snyggt. Det bästa är kanske att du pratar med Gösta.

Gunilla sänker blicken och säger sedan: »Tack«.

Valeria fortsätter in till arresten. Advokaten Ebba Kleveland är tillbaka. Valeria fortsätter mot avlyssningsrummet och tar plats. Någon minut senare kommer Morgan in tillsammans med en arrestvakt och Anna.

»Ja då var vi här igen. Vi återupptar nu förhöret med Anna Linné. Misstänkt för människorov. Med vid förhöret är också jag förhörsledare Morgan Haglund, förundersökningsledare åklagare Mikko van der Krafft och advokat Ebba Kleveland. Klockan är halv tre den 24 november. Anna, berätta vad du vet om Gustavs relation till Stina Jovanovic, Julia Arvehag samt Ava Nilsson«.

»Men jag har berättat allt jag vet«, säger Anna.

»Okej, men jag vill att du berättar om Gustavs relation till flickorna«.

»Vet bara att han träffade Julia och Stina på campingen i somras. Stina var den som började prata. Ava träffade han på bussen vid ett senare tillfälle. Tjejerna berättade saker för honom och då förstod att han måste göra något«.

»Varför blandade han in dig?«

»Som jag sa tidigare pratade vi en del om våra föräldrar. Vad jag förstod ville han hjälpa de här flickorna. Tyvärr gick det fel. Och två dog«, säger Anna gråtande.

»Men förstår du att du kan bli straffad för det här?«, säger Morgan.

»Jag vet, jag vet. Jag ångrar det jag gjort, men vet att det inte finns något att göra nu«, säger Anna.

»Det finns en tredje person«, säger Morgan.

»Ja«, säger Anna »Erik«.

»Vem är det«.

»Julias pappa. Han känner Gustav och ville jävlas med Mikaela. Han ville att Gustav skulle kidnappa henne för att mamman skulle få ett helvete. Sedan gick det som det gick. Men han har nya barn. Så det löser sig säkert«, säger Anna och tittar ned i bordet.

»Löser sig?«.

»Ja. Han får väl gulla med dem i stället«.

»Har du någon aning om varför Gustav kidnappade Valeria?«.

»Nej det har jag verkligen inte«, säger Anna.

»Känner du igen Valeria sedan tidigare?«.

»Alltså jag känner igen henne. Jobbade i polisens telefonväxel förra sommaren. Såg henne gå förbi ibland. Vi hälsade och så«.

»Tror vi har en ganska bra bild över detta nu. Det som kommer att hända nu är att åklagaren har tre dagar på sig att vända sig till domstol och begära dig häktad. Om du inte blir häktad kommer du att släppas. Hänger du med?«

Anna nickar och säger ett tyst »ja«.

»Men det betyder ändå inte att misstankarna är borta. Vi avslutar detta förhör för nu. Klockan är tre«.

Advokaten följer med Anna ut till arrestpersonalen. Kvar sitter Morgan och Krafft.

Anders kommer inrusande till förhörsrummet. »Fick sms från Ossian. De har hittat Julias pappa. Alltså, jag kände på mig att det är något skumt med honom. Han hade liksom svar på allt, när vi förhörde honom. Han lever och är hörbar. De kommer in med honom nu«.

»Okej. Då väntar vi«, säger Krafft.

Efter cirka en halvtimme hör de porten till arrestintaget.

»Nu är de här«, säger Anders som går ut och tar emot.

En mycket mörbultad och uppgiven man kliver ut ur bilen.

»Jaså. Trodde du var i Skåne«, säger Anders och visar med hela handen vart Erik ska gå. Vi gör ett första förhör med dig nu så får åklagaren bedöma om du ska anhållas och hur vi går vidare med ärendet«.

»Så. Erik Granhagen. Du har rätt till advokat. Vill du ha det?«, säger Morgan.

»Säger inget utan advokat«.

»Okej, vi löser det. Följ med mig ut så kan du sitta och vänta i arrestintaget«.

Efter en stund meddelar Krafft att advokat är på väg. »Ett jäkla spring på advokater här i dag«, säger han.

»Många inblandade. Men bara vi får ett slut på det här nu«, säger Morgan.

Tjugo minuter senare kommer ytterligare en advokat. Han räcker fram handen mot Morgan och presenterar sig som Edvin Storm. Morgan visar honom in i förhörsrummet där Erik väntar. Han förklarar för de att de kan ta tio minuter i enrum. Valeria kommer ut från avlyssningsrummet. Ögonen är svarta men hon säger inget.

»Är det här han du slog ned?«, säger Morgan.

»Det stämmer. Jag får inte ihop det hur han kan hjälpa Gustav med en sådan här sak trots att hans dotter är död. Fy faan för sådana kräk«, säger Valeria och hennes ansiktsfärg blir rödare och rödare.

»Ibland blir man bara chockad«, säger Morgan. »Men vi får höra vad han har att säga«.

Klockan visar fyra och Morgan och Krafft går in till förhörsrummet. Morgan slår på inspelningsutrustningen och läser upp vilka som är där samt klockslag.

»Vill du berätta vad du gjorde hemma hos Gustav Viktorinder?«

»Allt har gått fel«, säger han och hulkar.

»Ta tid på dig. Vi vill veta allt«.

Erik börjar efter några minuter trevande att berätta hur allt kunde bli så här. Meningen var att han skulle jävlas med Mikaela. Han berättar att han känner Gustav lite flyktigt och tog kontakt med honom via Facebook. Allt gick till en början bra och Julia och Gustav fick en fin kontakt. Att sedan Julia rymde blev bara helt fel.

»Det finns ingen rättvisa här i världen. Julia var den finaste«, säger Erik och tårarna rinner. Han fortsätter att berätta och förklarar att han nu var så insyltad så till slut började han hjälpa till med Ava också. »Och sedan kom poliskvinnan. Jag ville verkligen inte. Men tänkte att jag måste försöka få ett slut på det här. På rätt sätt«.

»Okej. Förstår du att det här ett brott du begått? Medhjälp till människorov. Det kan ge mellan ett och två års fängelse«, säger Morgan.

»Ja. Men jag erkänner. Slipper jag straff då?«.

Morgan undviker frågan och berättar i stället hur det kommer att gå till och om åklagaren bestämmer att han ska vara anhållen.

»Du får följa med ut till arresten. Åklagaren kontaktar dig«.

EPILOG

10 januari 2024.

Anders läser i domen: »Gustav dömdes till dråp vid ett tillfälle samt människorov vid fyra tillfällen. Straffet blev fängelse i sexton år. Anna dömdes för medhjälp till människorov och fick fängelse i ett och ett halvt år. Erik dömdes för anstiftan till människorov vid ett tillfälle samt medhjälp till människorov vid tre tillfällen och fick fängelse i fyra år«.

»Det verkar som att fallet är över«, säger Anders.

»Japp. Nu återstår det att se om de överklagar. Men det är inte vårt problem«, säger Valeria.

»Tror jag ska göra kväll i tid för en gångs skull. Kanske bjuda ut Maj-Lis på middag«, säger Anders.

»Det gör du rätt i. Själv ska jag hem till mamma och vattna blommorna. Hon blir borta två veckor till«, säger Valeria.

»Se till att ta det lite lugnt också. Ta hand om dig själv. Hur mår du egentligen efter allt det här?«.

»Mår ganska bra. Ibland kommer det ändå över mig vad som kunde ha hänt. Då blir jag rädd. Sedan tänker jag att det gick ju ändå bra. Och så försöker jag tänka på något annat«, säger Valeria.

»Det låter bra. Men du vet att jag finns här om du behöver. Bara ett samtal bort«.

Valeria skämtar med honom om när hon ringde för att berätta vad hon kommit på om fallet. Att varken han eller någon annan svarade. Anders säger att han skäms, och att det aldrig ska hända igen.

Framme vid radhuset på området Sandvalla där Valerias mamma bor är det människor ute och skottar snö. Snön verkar inte vilja ge med sig den här vintern. Den kom redan i oktober, och det kommer bara mer och mer. Ett gäng grabbar i förskoleåldern springer omkring och drar varandra i en pulka. Det skriker och skrattar om vartannat, så där som bara barn kan göra. I flera av grannhusen kan man fortfarande se adventsljusstakar och stjärnor. Tjugonde dag knut är om tre dagar. Själv hann hon aldrig få upp några julgrejer i år. Även om hon tycker det är mysigt. Inte så kul att fira jul själv.

»Jaså, ska du hälsa på din mamma?«, säger en av grannkvinnorna.

»Jag ska vattna hennes blommor. Hon hälsar på en väninna i Spanien. Det blev några veckor längre än hon hade tänkt«, säger Valeria och ler.

»På så vis. Tur att hon har dig då«, säger kvinnan.

Valeria nickar och går in i huset. Där luktar det instängt. Hon ställer upp köksfönstret på glänt och går fram till diskbänken för att fylla vattenkannan med vatten. Blommorna i köket får vatten först. Sedan går hon vidare till sovrummet. Det är inte bara i fönstren det är blommor. Radhuset har tre rum. Men hon kan inte hålla räkningen på hur många blommor där finns. Slutligen vattnar hon ormbunkarna i vardagsrummet. När hon är klar ställer hon vattenkannan på bordet, sjunker ned i en fåtölj och efter mindre än en minut sover hon. Hon vaknar till med ett ryck. Tröjan har en blöt fläck. Handen flyger upp till mungipan. Självklart har hon sovit med öppen mun och dreglat som värsta småungen.

Ett av skåpen till bokhyllan står på glänt. Hon sätter sig i skräddarställning framför och öppnar skåpet. Där ligger alla fotoalbum från när hon var liten. I ett av dem finns ett foto hon fastnar vid. Det är när hon var sju år och var med på sitt första ridläger. Mamma tar kortet och Valeria och hennes pappa står på varsin sida om hästen. Minnet får henne att le och hon blir alldeles varm i hjärtat av tanken på sin pappa. Längre in i skåpet finns fler fotoalbum. Det är foton från semester i Spanien. Måste ha varit någon gång i mitten på nittiotalet. Hur gammal kan hon ha varit? Åtta? Det finns också bilder från både hennes och Lucas konfirmation. Fina Lucas. Väldens bästa bror som gjorde allt för henne. Han dog för tidigt. Alldeles för tidigt. Men han dog när han mådde som bäst. På motorcykeln på det jobb han älskade. På ett album står det Kenneth med barnslig stil. Det måste vara hennes fars fotoalbum. Hon slår upp det och kommer på sig själv vad lika hennes bror Lucas var sin far när han var i den åldern. »Fina pappa Kenneth som jag saknar dig«, säger hon som att han skulle vara där. Med pekfingret smeker hon över ett foto när han blåser ut ljusen på tårtan. »Kenneth 10 år«, står det på tårtan.

Ett brev trillar ut från fotoalbumet. Hon vecklar ut det och läser. Det är skrivet med skrivstil. Inte många rader. Det står: »*Kenneth. Jag vill berätta för dig, att den gången jag var tvungen att åka bort i några månader när du var tio år. Det var därför att jag hade blivit gravid. Barnet var inte din fars*«. Innan hon läser vidare tittar hon på namnteckningen. Märta. Det är hennes farmor som skrivit brevet.

»*Barnet blev till under en semesterresa jag gjorde med en väninna. Jag blev våldtagen och jag hade inte hjärta att ta bort det. I stället blev pojken adopterad av en kvinna som inte kunde få egna barn. Det enda jag vet om honom är att han är född 1974 och han fick namnet Gustav. Jag vill berätta detta för dig eftersom jag vill att du ska veta det när jag inte finns längre.*

När du läser detta har jag somnat in.

Mamma«

Författarens slutord:

Den här boken vill jag tillägna min far som gick bort den 26 januari 2024. År 1969 gick hans dröm i uppfyllelse i samband med att han påbörjade utbildningen till MC polis. Han jobbade sedan som trafikpolis fram till sin pension 2008 vid 67 års ålder.

Han har alltid funnits där för mig och bland annat skjutsat mig runt hela Sverige på hopptävlingar. Du kommer alltid att vara med mig pappa.

Jag älskar dig.

In memoriam Kjell Collin 1941–2024.

Att Sakna
Det är ett privilegium
att känna saknad.
Smärtsamt förstås och tungt.
Men det berättar
om en närhet som fanns.
Om värme, ljus
och skratt.
Att sakna är
den andra sidan
av att ha fått.
Att inte känna
saknad är som att
aldrig ha älskat.

Bente Bratlund Maeland